D1719721

Alice Berend

Dore Brandt

ALICE BEREND

Die deutsch-jüdische Schriftstellerin Alice Berend, Schwester der Malerin Charlotte Berend-Corinth, wurde 1875 in Berlin geboren. Ihre Romane wie »Frau Hempels Tochter« (1913), »Die Bräutigame der Babette Bomberling« (1915) oder »Spreemann & Co.« (1916) erschienen in Auflagen von mehr als hunderttausend Exemplaren. Alice Berends Erfolg als Schriftstellerin nahm mit dem Machtantritt der Nationalsozialisten ein abruptes Ende. Als Jüdin verfolgt, emigrierte sie 1935 nach Italien, wo sie 1938 starb.

Alice Berend

Dore Brandt

Ein Berliner Theaterroman

Mit einem Nachwort
von Britta Jürgs

AvivA

Die Deutsche Bibliothek - CIP-Einheitsaufnahme

Berend, Alice:
Dore Brandt : ein Berliner Theaterroman / Alice Berend. Mit
einem Nachw. von Britta Jürgs. - Grambin ; Berlin : Aviva,
2000
      ISBN 3-932338-11-1

Umschlaggestaltung unter Verwendung des Gemäldes
Der Spieler (2000) von Gabriel Heimler

Druck und Bindung: Fuldaer Verlagsanstalt

Erstausgabe: Berlin 1909

ISBN 3-932338-11-1

© 2000 AvivA Verlag,
AvivA Britta Jürgs GmbH, Grambin
Emdener Str. 33, 10551 Berlin
Dorfstr. 56, 17375 Grambin
Tel. (0 30) 39 73 13 72
Fax (0 30) 39 73 13 71
e-mail: aviva@txt.de
www.aviva-verlag.de

Der Zug eilte auf geradem Wege seinem Ziele entgegen. Rücksichtslos durchschnitt er in tiefer Furche die zarten Gewebe der Dämmerung, die geheimnisvoll über das flache Land glitten, Nahes wie Fernes verhüllend.

Dore stand an dem geöffneten Fenster und blickte in die Abendschatten, hinter denen immer häufiger verschwommene, gelbe Lichtflecken die Nähe von menschlichen Wohnstätten verrieten.

Die stille, schwere Luft verkündete die nahende Großstadt. Wie beklemmend sie wirkte, wenn man eine Zeitlang am Meer geatmet hatte. Hier brachte auch der Abend nicht den kühlenden Frieden. Schon fühlte man wieder das Zerren der Nerven, die sich spannten und dehnten, um im engen Kampfgewühl nach Lebensfreude und Erfolg zu greifen.

Welch ein großes Stück Zeit schien zwischen dem Morgen von Heute und dem Jetzt zu liegen. In dem frischen, wilden Wind, der pfeifend das schäumende Meer gegen die Küste peitschte, hatte sich Dore jauchzend als freier Mensch gefühlt. Groß, stark, unbesiegbar von Leid. Hier vor der regungslosen, stauberfüllten Leinwand hatte sie die Empfindung, sich als überflüssiges Etwas in einen überfüllten Riesenkasten zu drängen, wo niemand sie wünschte, keiner ihr achtete noch bedurfte und eigentlich gar kein Platz für sie vorhanden war.

Sie erbebte, als der Zug die Geschwindigkeit verringerte und langsam in die hellerleuchtete Halle einfuhr. Aber in dem blinden Lärm der schreienden, rufenden, drängenden Menge, der von dem stoßweisen Pusten der atemlosen Lokomotive überfaucht wurde, fand Dore sich wieder.

Und als sie in dem raschen Wagen neben den klingelnden elektrischen Bahnen durch die schmale, lärmende, stimmenerfüllte Friedrichstraße fuhr, erfaßte sie ein starkes Gefühl der Freude. Sie spürte in dem tosenden Leben berauschend die eigene Jugend und Kraft.

Der Wagen ließ Lärm und Helle hinter sich und fuhr unter dem spätsommerlichen Laubdach des Tiergartens dahin. Gemächlich, gleichmäßig klapperten die Hufe des Pferdes auf dem Asphalt.

Dores Gedanken glitten nach dem Elternhause, das auch ein Punkt dieser weiten Stadt war und doch für Dore in brückenloser Ferne lag. Drei Jahre waren es nun her, daß sie die Tür des Vaterhauses hinter sich geschlossen hatte. Drei Jahre der Arbeit und des Alleinseins.

»Wähle! Die Schaubude oder das Vaterhaus«, hatte der Vater ohne Bedenken, ohne Eingehen auf Dores ernste Worte blindlings geschrien. »Die Tochter eines Offiziers als Gauklerin ist noch nicht Sitte.«

»O, hätte ich dich nie geboren«, hatte die sinnlos verängstigte Mutter geschluchzt. Diese geliebte, kleine Mutter, die zitternd und sparend neben dem heftigen Gatten immer und immer selbstvergessen »repräsentieren« mußte.

Niemand ahnte, wieviel Herzblut Dore dieser Abschied vom Elternhause gekostet hatte. Wie sie in den ersten Tagen immer wieder zur Tür zurückgeschlichen war. Aber weil sie Stand gehalten hatte, glaubte sie an sich und ihre Kunst. Obgleich sie lernen mußte, wie steil der Weg zum Erfolge war.

Der Wagen hielt mit gelindem Ruck, er war am Ziel der Fahrt. Da flammten wieder die runden Bogenlampen des Bellevue-Bahnhofes, dort ging die neue, breite Brücke über die Spree. Alles war noch am Platze.

Dore sah an dem hohen, grauen Hause hinauf. Eines der vielen Fensteraugen dort oben war der Ausguck des kleinen Zimmers, wo über ihrem Bett die liebe Holbeinsche Madonna hing.

Sie stieg die Treppen empor, gefolgt von dem Droschkenkutscher, der, ihr Reisegut auf den Rücken geladen, die Höhe erklomm. Nun stand sie vor der Tür, an der neben dem weißen Porzellanschild: »Amalie Klinkert« die schmale Visitenkarte: »Dore Brandt« befestigt war. Frau Klinkert öffnete. Hochrot im Gesicht, die Ärmel ihrer roten Bluse bis über die Ellenbogen ihrer fleischigen Arme zurückgestreift. Von dampfendem Seifengeruch umhüllt.

»N' Tach, Freileinchen. Jlicklich anjelangt? Jehn'n Se bitte rein und zinden Se sich de Lampe an, ick hab' nasse Pfoten. Jroße Wäsche. Unsereins muß ja bis in de Nacht schuften. N' Brief liegt uff'n Tisch un noch een blaues Heft, wat der Theaterdiener jebracht hat«, schrie sie dann noch aus der Küche heraus. –

Eine Weile darauf saß Dore allein vor der brennenden Lampe, die so gerückt war, daß ihr Licht hell auf den Holbein fiel.

Noch in Hut und Mantel hatte Dore die Rolle aufgerissen, die der Theaterdiener gebracht hatte. Ein dünnes Heft nur, aber Dore war doch froh. Nun konnte sie also schon morgen früh zur Probe gehen und brauchte nicht sehnsüchtig um das Theater zu streichen.

Nachdem sie es sich gemütlich gemacht hatte, las sie den Brief von Hans Jäger. Natürlich wieder viel Seiten voll Liebeserklärungen von Hans Jäger in schwülstigen Wendungen und blumigen Wortspielen. Das war sie gewohnt. Einmal nannte er sie Judith und sich Holofernes, ein andermal wieder verglich er Dore mit einer Rose und sich mit einem Mistkäfer. Sie entbehrten niemals der Komik, diese Briefe des guten Hans Jäger.

Sie las bedächtig die engbeschriebenen Seiten, während sie von Zeit zu Zeit kräftig in die dicke Landbrotschnitte biß, die von Bornholm mit gereist war und nun ihr Abendbrot bildete.

Am Schluß des Briefes stand in großen Buchstaben, dick unterstrichen: »Meine Seele blüht, lassen Sie sie nicht verdorren.« Dore lachte aus vollem Halse, denn diese ungeschickte Redewendung erinnerte sie an den Reklamezettel, der heute in das Abteil geworfen wurde: »Die Heide blüht, das sollte jeder sehen.«

Mit dem Briefe war auch das Butterbrot zu Ende. Dore ging zum Fenster nd blickte hinaus. Von der nahen Kaiser-Friedrich-Kirche schlug es zehnmal. Es war still auf der Straße, und wenn einmal kein Stadtbahnzug zum Bahnhof hinein oder herausrasselte, konnte sie die Bäume des nahen Tiergartens rauschen und raunen hören.

Dore beugte sich weit zum Fenster hinaus. Da unten floß die Spree. Ein großer Apfelkahn lag an der Brücke, das rötliche Licht seiner Laterne spiegelte sich im glitzernden Wasser.

Gestern flutete das Meer vor ihren Fenstern, und an der fernen Küste Schwedens blinkte der Leuchtturm von Cimrishamn. Dore hatte am Hafen gesessen. Das Meer bewegte sich nur wenig unter den funkelnden Sternen. Auf einem schwedischen Schiffe wurde auf der Harmonika ein weiches, heimatliches Lied gespielt.

»Wer seine Heimat so lieben könnte wie diese Schweden«, sagte eine Männerstimme neben ihr. Sie sah auf. Sie hatte den Sprecher täglich gesehen. Er wanderte viel allein für sich umher, und Dore war ihm oft begegnet. Aber sie hatten niemals miteinander gesprochen, und Dore kannte nicht seinen Namen.

»Hat Ihr Herz eine Heimat?« fragte der Fremde nach einer Weile, in der beide schweigend dem Liede gelauscht hatten.

»Nein und ja«, erwiderte Dore langsam. »Meine Heimat ist eine nüchterne, unpersönliche Stadt, und doch – es gibt dort vor dem Tore einen Kiefernwald, kahl – sandig – aber mit schilfumwachsenen stillen Seen – ich glaube, ich liebe meine Heimat.«

Nach einigen Minuten zog der Fremde seinen Hut und ging seines Weges.

Ob er wohl heute wieder am Hafen steht? Schade, so gar nichts von ihm zu wissen.

Dore schloß die Fenster und zog die Gardinen davor. Bald erlöschte die Lampe. Draußen brausten noch lange die Stadtbahnzüge, und die Fensterscheiben klirrten leise. –

»Nu haben wir se wieder uff'n Halse, nu läßte scheen det Fluchen, wenn de Abend nach Hause kommst, vastehste. Sonst kindigt se, un ick kann warten, bis ich wieder fufzig Märker für det Loch ohne Klavier krieje«, sagte draußen in der Küche Frau Klinkert zu ihrem Sohn, während sie einen Bückling mit Haut und Gräten verspeiste.

»Ach wat«, antwortete der Sohn mit vollem Munde, »ach wat, denn krichste vielleicht eene mit'n Verhältnis, und des is denn ville einbringlicher.«

Vergeblich bemühte sich die Sonne, Dore zu wecken. Sie sandte durch den Spalt der Gardine einen breiten Lichtstrahl schräg über das Bett des jungen Mädchens. Sie spielte mit den rotbraunen Locken, die sich um die Stirn der Schlafenden und über das weiße Kissen ringelten, sie streichelte die schmale Hand, welche die Decke bis an das rundliche Kinn emporzog, sie küßte dreist den kleinen, roten, ein wenig geöffneten Mund, ohne daß Dores Schlummer gestört wurde.

Das gelang Frau Klinkert besser.

»Wach'n Se uff, Freileinchen, Se sind nich mehr ans Meer«, schrie sie mit ihrer fetten Stimme, während sie mit den Fingerknöcheln gegen die verriegelte Tür trommelte. »Wenn Se valleicht Probe haben, denn man hurtig, is neine durch. Kaffe is fertig.«

Damit trottete sie unbekümmert um die Wirkung ihrer Worte in die Küche zurück. Sie war sich ihrer Sache sicher.

»Neun vorüber.« Dore war mit einem Schlage ermuntert. Um zehn Uhr mußte sie im Theater sein.

»Als wenn een Seehund in't Wasser panscht«, brummte Frau Klinkert, als sie beim Kartoffelschälen nach Dores Zimmer lauschte.

Dore trank rasch den hellbraunen, lauen Kaffee, den Frau Klinkert auf mehrfaches Klingeln endlich durch den Türspalt hereingereicht hatte, setzte den Hut auf, steckte eilig die silbernen Hutnadeln mit den drolligen Pudelköpfen, die sie einem ihrer unbezwingbaren Kaufgelüste zu verdanken hatte, durch das Stroh, schlüpfte in das Jacket, packte mit einem Griff Rolle und Geldtäschchen, eilte zur Tür hinaus und die Treppe hinunter.

Die Straße war voll Sonne, und die frische, vorherbstliche Luft stimmte froh. Als Dore den Bahnsteig des Bellevue-Bahnhofes betrat, rief es hinter ihr: »Hollah, Brandtchen, warten.« Es war Grete Hollwitz, die Naive des Theaters, eine Bezeichnung, die außerhalb der Bühne eine starke Ironie barg.

Die kleine, rundliche Grete Hollwitz kam atemlos die Steintreppe zum Bahnhof herauf gerannt. »Sehen Sie nur, Brandtchen«, rief sie pustend, auf die große Normaluhr inmitten des Bahnsteiges zeigend. Der große Zeiger sprang gerade eine Minute vorwärts, es fehlten nur noch elf Minuten an der zehnten Stunde.

Ein Zug fuhr schnaubend in die Halle und die Mädchen stiegen eiligst ein. In dem Wagenabteil saß nur ein wohlbeleibter Herr, der einen wohlgefälligen Blick über die freundlichen Mädchenerscheinungen gleiten ließ und sich wieder in seine Zeitung vertiefte.

»Na, wo waren Sie, Brandtchen«, fragte Grete Hollwitz und sah Dore mit dem Naivenlächeln Nummer eins an, das zwei Reihen weißer Zähne und ein Grübchen geschickt zeigt.

»Auf Bornholm«, erwiderte Dore. »Es war herrlich.«

Ihr Blick glitt weit über die Gipfel des Tiergartens, aus dessen Mitte die Siegessäule goldprunkend die klare Luft durchschnitt.

»Mit wem denn? – Allein? – Herrgott, Sie Tugendspecht, sind Sie etwa mit den paar Kröten aus dem Ferienfonds ausgekommen?«

»Ja, das bin ich«, lachte Dore.

»Ach du lieber Gott«, rief Grete mitleidig. »Nee, dazu ist man doch nicht am Theater, um wie alte Lehrerinnen mit a Spirituskocher zu hausen. Ich war mit meinem Fritz in Binz. Im Kurhaus gewohnt. Ich sage Ihnen tip top. Ich hatte ein paar famose Kostüme von der Hartmann, natürlich auf Pump.« Grete lachte verschmitzt. »Ich sage Ihnen, Brandtchen, jeder hat gefragt, wer wir sind. So macht man sich populär, mein Kindchen«, fügte sie ernsthaft hinzu.

Dore lachte hell auf. »Ach Grete, Sie sind gottvoll. Populär bei den Spießern von Binz. Da geht mein Ehrgeiz doch weiter trotz des Spirituskochers.«

Dores Lachen hemmte Gretes Redefluß, und sie schwieg. Dafür führte sie eine beredte Augensprache mit dem wohlbeleibten Herrn, der zu lesen aufgehört hatte. Mit seiner behaarten Hand, an der ein großer Brillant blitzte, spielte er an seiner dicken, goldenen Uhrkette, während er Grete freundlich mit seinen schmalgeschnitzten Äugelchen zuzwinkerte...

Im Theater herrscht eine frohe Stimmung. Der schweigsame, zurückhaltende Direktor, der sonst vor Beginn der Probe mit einer undurchdringlichen, hochmütigen Miene schweigend auf und ab schritt, lächelte heute aus einem sonnenverbrannten, runden Gesicht und hatte für jeden ein scherzendes Wort.

Der kleine, dürre Regisseur Werkenthin, der für gewöhnlich, das Bühnenbuch unter dem Arm, den offenen Paletot hinter sich herfliegend, im Lauftempo angeschossen kam, um sofort ein paar hämische Worte auszustoßen, denn er sah mit einem Blick, daß dieser oder jener fehlte, äußerte heute seine Heftigkeit auf angenehme, freundliche Weise. Er war erst gestern abend aus dem Harz zurückgekommen und erzählte dem Direktor begeistert und heftig gestikulierend von einer Leuchtkäferschar zwischen dunklen Baumstämmen – ein Effekt – ein Effekt, den man unbedingt im Sommernachtstraum verwenden sollte.

Die Mitglieder standen lachend und plaudernd zusammen.

Alle sie, die im Juni hocherfreut waren, daß die Bude endlich schloß, waren von Herzen froh, wieder die entbehrte Theaterluft einzuatmen. Jene tagfremde, sonnenlose Luft, die ein geheimnisvolles Gemisch von Staub und Moder ist und unbezwinglich in ihren Bann zieht, was zu ihr gehört.

Die Probe verlief auf die heiterste Weise. Nach ihrer Beendigung eilte Dore froh die Treppe zum Bureau hinauf, um sich die Gage zu holen. Sie war eine der Wenigen, die sie ohne Abzug eines Vorschusses einfordern konnte.

»Ihr Weibsbilder versteht's« knurrte der sektliebende Ingler, der den Zettel im Sommernachtstraum spielen sollte, und der von seiner nicht unerheblichen Gage gerade noch – fünfzehn Mark zu verzehren hatte.

Arm in Arm mit Mara Scholler wanderte Dore zum Mittagessen. Wenn sie froher Laune war, und eigentlich suchte sie nur dann Gesellschaft, war ihr Mara mit ihrer tapferen Leichtlebigkeit die liebste Gefährtin.

»Heut spendier' ich etwas. Heute gehen wir in den ›Luitpold‹«, sagte Dore, als sie in den Sonnenschein hinaustraten. Lebhaft über die verflossene Probe sprechend, näherten sie sich dem einfachen Speisehaus, das ihnen, alle Straßendüfte besiegend, schon auf der Weidendammer Brücke einen bedenklichen Hauch von Braten und Sauerkraut entgegensandte...

Als sie sich ab einen der Tische neben der großen Fensterscheibe zur Friedrichstraße niederließen, rief Dore: »Es ist doch schön, wieder in Berlin zu sein.« Sie sah angeregt auf die vielen, vielen Menschen, die, gleichgültig geradeaus schauend, aneinander vorübereilten. Jeder die eigenen Gedanken, Hoffnungen und Sorgen hinter der Stirn. Jeder eine eigene Welt unter dem Hute tragend.

Dore fühlte sich am Puls des Lebens, und das paßte zu ihrer Stimmung. Zum Schluß der Probe hatte Werkenthin, in einem Notizbuch blätternd, ihr mit seiner scharfen Stimme zugerufen: »Na Brandt, wie wäre es, wenn Sie in der ›Hedda Gabler‹ die ›Elvstedt‹ versuchten?« Und Dore hatte überglücklich die dürren Hände des Regisseurs gedrückt.

Vielleicht begann es zu tagen. Vielleicht durfte sie endlich aus der grauen Masse der Unbekannten in die Helle treten. –

An allen Tischen ringsumher saßen Leute vom Theater. »Hast Du nicht Ernst Bergmann auf Bornholm gesehen? Er ist jeden Sommer dort«, fragte Mara, als sie die Suppe löffelten.

»Ich kenne ihn gar nicht im Privatleben«, sagte Dore. »Ich habe ihn auch auf der Bühne nur einmal als ›Kollege Crampton‹ gesehen. Er hatte damals stark Maske gemacht. Ich würde ihn kaum auf der Straße erkennen. Übrigens war er ein großartiger ›Crampton‹.«

»Ja, er ist ein prachtvoller Schauspieler.«

»Du warst mit deiner Mutter in Buckow? War es nett?« fragte Dore.

»Oft war es schon ein wenig eintönig, das kannst du mir glauben, Dore. Aber ich bin doch froh, daß ich Mutter habe.«

Dore war still geworden.

»Du sprichst niemals von deiner Familie«, fuhr Mara in gutmütiger Neugier fort. »Nur, daß dein Vater Offizier ist, weiß man. Das sieht man dir übrigens an«, sprach sie in ihrer lebhaften Art weiter, ohne die Mißstimmung auf Dores Gesicht zu lesen. »Du hast eine geradezu aristokratische Figur. Schlank und vornehm. Keine zu langen Beine wie ich. Allerdings danke ich wohl gerade oder nur ihnen die heutige Rolle der Hermia, die der ahnungsvolle Herr Shakespeare ausdrücklich ›langbeinig‹ verlangt.«

»Siehst du, wie alles sein Gutes hat«, lachte Dore. Ein Sonnenstrahl stahl sich über den Tisch. Dores Verstimmung verflog. »Komm, Mara«, sagte sie fröhlich. »Wir bummeln ein wenig durch die Straßen, ehe es dunkel wird. Ich muß mich meiner teuren Vaterstadt zeigen.«

Sie wanderten die Friedrichstraße bis zu den »Linden« herunter und gingen dann dem Brandenburger Tor entgegen, das sich dunkel gegen den rotgelben Abendhimmel abhob.

»Sieh nur diese herrliche Wäsche«, rief Mara und blieb vor einer Fensterauslage stehen. »Es ist wirklich Zeit, daß die Riesengagen kommen.«

»Ach ja.« Dore lachte.

»Aber weißt du, Mara, ich habe ja meine ganze Riesengage in der Tasche, und ich bin so kreuzvergnügt. Ich kauf' irgend etwas.«

»Einen seidenen Unterrock«, schlug Mara rasch vor.

»Nein. Lieber ein Buch oder so etwas Ähnliches.«

Sie studierten das Schaufenster einer Buchhandlung.

»Da, schau mal, die Salome von Wilde. Originalausgabe von Beardsley, illustriert.« Mara tippte an die Scheibe. »Ich frage einmal, was es kostet. Warte.« Und schon schnappte die Ladentür klingelnd hinter Dores großer, schlanker Gestalt ins Schloß.

Einen Augenblick später stand Dore wieder draußen.

»Hundert Mark«, sagte sie nur, jede Silbe betonend.

»Suchen wir etwas anderes.« Mara hängte sich in Dores Arm.

Es begann schon zu dunkeln. Am Eingang des Hotels Bristol flammten die großen Bogenlampen auf.

»Ich weiß etwas«, rief Dore und ließ Maras Arm los.

Nach wenigen Minuten kam sie mit zwei dicken Büscheln herrlicher Chrysanthemen aus dem Schmidtschen Blumenladen heraus.

»Hier«, sagte sie und preßte einen von ihnen in Maras Arm.

Die farbenprächtigen Blumen an sich gedrückt, gingen sie nun rasch dem Brandenburger Tor zu. Dort trennten sie sich.

»Mutter wird warten«, sagte Mara und suchte eiligst in einen Straßenbahnwagen zu kommen. Dore ging langsam die Charlottenburger Chaussee herunter.

Bald war sie zu Haus. Die Blumen wurden in eine Vase gestellt und nahe an die Lampe gerückt, damit ihre

Farben leuchteten. Dann wurden die Gardinen zugezogen, und mit Behagen holte sich Dore Ibsens ›Hedda Gabler‹.

Frau Klinkert schmatzte bei ihrer Schwägerin im Nebenhause Geburtstagskaffee, und Dore fühlte sich allein und heimisch.

Ein kalter Wind heulte über die märkische Ebene. Pfeifend zog er in die Straßen von Berlin, das als steinerne Masse aus Tausenden von Schornsteinen in die regendurchsiebte Luft rauchte und dampfte. Boshaft jagte der Wind über die wohlgepflegten Plätze der Stadt, fegte um die Ecken, riß die Plakate der Anschlagsäulen herunter. Er spielte weiter den Kunstkritiker und bewarf die weiße Markgrafengarde der Siegesallee mit Schmutz und Kot, er holte die letzten bunten Blätter der Bäume und legte sie als dichten, hohen, glitschigen Teppich über die Wege des Tiergartens. Er sprühte den Regen tückisch unter die glitschnassen Schirme, er jagte Wolken über die Sonne. Die wenigen Menschen, denen man auf der Straße begegnete, hatten verdrießliche Gesichter. Es war November.

Der Regen prasselte gleichmäßig wie ein Springbrunnen an das Fenster von Dores Zimmer, in dem es heute gar nicht hell geworden war und jetzt um die vierte Stunde schon wieder volle Dämmerung herrschte.

Dore war den ganzen Tag daheim gewesen. Sie hatte die Rolle studiert, sich selbst ihr Mittag bereitet und saß nun mit einer Näherei am Fenster. Das grämliche Wetter drang nicht in sie hinein. Vor einer Woche hatte ihr die Darstellung der Frau Elvstedt einen großen Erfolg gebracht. Man war aufmerksam geworden. Direktor Gollberg hatte sie in sein Privatzimmer gerufen und ihr mitgeteilt, daß er selber erstaunt über ihre Leistung sei, die weit über das Mittelmäßige hinausginge und entschieden noch manches von ihr erwarten ließe. Er sprach stets ruhig, jedes Wort abwägend, und so bedeuteten diese Worte aus seinem Munde sehr viel. Und dann hatte er eine tragische Rolle in Aussicht gestellt, »damit sie zeigen könne, was in ihr stecke«. Freude und Zuversicht erfüllten Dore. Sie fühlte, ihr Leben war im Aufsteigen begriffen. Sie war eine Stufe weiter gekommen.

Der Regen platschte und platschte.

Mutter saß gewiß am Fenster des großen, immer dunklen Berliner Zimmers und stopfte Strümpfe. Um diese Stunde kam wohl der Vater vom Dienst zurück. Sicherlich plagte ihn bei diesem kalten Wetter wieder die Gicht, und er fluchte und schimpfte hinter seiner Zeitung. Ob er über Dores Namen hinweglas? Anna war nun verheiratet. Da klimperte Maria also allein auf dem Klavier. Sonst hatten die Schwestern an solchen Tagen viele Stunden vierhändig auf die Tasten gehämmert, beide halblaut den Takt dabei zählend. War es nicht Dienstag? Wenn Mutter nur nicht bei diesem Wetter auf dem Markt gewesen ist. Dore stand hastig auf und legte die Näharbeit, die ihr aus den Händen gesunken war, fort.

Eine Sehnsucht, nach Licht und Wärme, nach fröhlichen Menschen überfiel sie. Sie erinnerte sich, daß Hans Jäger und andere sie oft gebeten hatten, am Nachmittag in das Café Metropol zu kommen, wo sich alltäglich ein Kreis von Künstlern zusammenfand.

Rasch zog sie den langen, blauen Regenmantel an, drückte die kleine, blaue Tuchmütze auf das rotbraune Kraushaar, schlug den Kragen hoch und ging, die Hände in den Taschen, frank und schlank in den Regen hinaus.

In dem Stadtbahnabteil herrschte der unangenehme Geruch feuchter Kleider, die Regenschirme betropften

Nachbar und Boden und die Leute sahen verdrossen vor sich hin. Dore blickte zum Fenster hinaus und spähte in die erleuchteten Wohnungen, an deren Fenstern sich Stadtbahnzug nach Stadtbahnzug gleichmäßig vorüberschlängelte.

Der Zug fuhr in die weite Halle des Friedrichstraßenbahnhofes ein. Neben Dore kletterte gemächlich der wohlbeleibte Ingler die triefenden Stufen des Wagens herunter und gesellte sich mit einem »Servus, Frau Elvstedt« an ihre Seite.

»Pilgern Sie auch gen Mokka, kleine Brandt? Sie haben seit Ihrem Erfolg natürlich Ihren festen Stammplatz am ›Tisch der Berühmtheiten‹, wie?«

»O, nein«, lachte Dore. »Aber bei diesem Wetter.«

Der nasse Asphalt der engen Friedrichstraße erschien wie ein schmaler, venetianischer Kanal.

»Gondola, Gondola«, schnarrte Ingler, als er sich mit Dore durch die Wagen und Automobile auf die andere Seite der Straße schlängelte.

Das Caféhaus war dicht gefüllt. Blaue Spinngewebe aus Tabakrauch tanzten durch den hellen, heißen Raum. Der ›Tisch der Berühmtheiten‹ war dicht besetzt. Da saß weit in den Stuhl zurückgelehnt die Ollendorf, einen großen, schwarzen Flauschhut auf dem rechten Ohr, eine Zigarette zwischen den schmalen Lippen, mit dem festen, brennenden Blick der dunklen Augen auf den ihr gegenübersitzenden Rinkel starrend, den sie »anbetete«.

»Übel wird mir, wenn ich das Weib sehe«, sagte Rinkel in langgezogenen Tönen, die deutlich verrieten, daß er ein guter Shylock war. Aber wenn er den Rauch seiner Virginia von sich blies, warf er doch einen heimlichen Blick aus halbgeschlossenen Augen hinüber.

Neben der Ollendorf saß Erich Liebrecht, der mit seinem dichten Haarbusch und seinem struppigen, das

Gesicht überwuchernden Bart unangenehm an die Abstammung des Menschen vom Ahn in den Bäumen erinnerte. Liebrecht war stets fanatisch von irgendeiner Idee beherrscht, die er wütend verteidigte, um sie am andern Tage ebenso wütend zu bekämpfen, wenn ein anderer sie aussprach. Sein neuester Plan war, in Berlin eine Zeitung im Stil des Simplicissimus zu gründen.

»Nicht das Witzblatt muß Humor haben, sondern das Publikum, das Pu–bli–kum« rief er, als Dore und Ingler sich näherten und schlug auf die Marmorplatte des Tisches, daß Tassen und Gläser klirrten.

»Sein's gestad, Liebrecht, regen's sich nit auf, död ist ungesund«, sagte Grete Hollwitz, die in ihrer weißseidenen Bluse neben ihm saß und durch einen Strohhalm Limonade sog. Im Café sprach sie stets wienerisch, obgleich jeder wußte, daß ihre Wiege in Berlin gestanden hatte.

An Grete Hollwitz' Seite saß zusammengesunken Hans Jäger, der wie ein Pfeil vom Bogen aufflog, als er Dores ansichtig wurde.

»Die Sonne kommt«, rief er und drückte Dores Hände. Mit polternder Diensteifrigkeit rückte er Stühle und Tische und bald saß Dore umgaukelt von Tabakswolken zwischen ihm und der Hollwitz am Tisch.

»Haben's gehört, was die Larsen in der Garderobe erzählt hat?« fing Grete Hollwitz an. »Sie sagt, Direktor Gollberg hätt' ihr eine erste Rolle versprochen, wenn sie heut zum Nachtmahl zu ihm käme!« »Ach, Unsinn«, rief Rinkel. »Gollberg ist viel zu berechnend, um sich von irgendeiner Leidenschaft beeinflussen zu lassen.«

»Eine Frechheit, eine Unverschämtheit ist diese Kritik von dem kleinen Judenbengel«, stieß der semmelblonde Werner, der neben Rinkel saß, hervor. »Wasserblonde Auffassung«, schreibt er. »Solch' Stumpfsinn, Jud' muß man sein, wenn man heut beim Theater Glück haben soll. Alles Cliquenwirtschaft«, und er warf die Zeitung weit von sich.

»Ist Gollberg eigentlich Jude?« fragte jemand am Tische.

»Na ob.«

»Dafür schaut er blond aus und ist a sakrisch tüchtiger Kerl, das muß man ihm lassen«, sagte Grete Hollwitz wichtig.

»Der Löwe ist gelb und großmütig. Sie haben eine wunderbare Art, sich auszudrücken, teure Hollwitz«, rief Ingler, während er behäbig fünf Stück Zucker nacheinander in eine kleine Tasse Mokka plumpsen ließ.

»Pfui Teufel«, rief Werner, der ihm verärgert zusah. »So viel Zucker.«

»Tät Ihnen heute gut, Sie Gallapfel!«, sagte Ingler gemütlich und rührte mit dem Löffel den Zucker um.

»Werner, ärgern Sie sich noch immer, daß Sie kein Jude sind?« rief Dore lachend. »Trösten Sie sich mit mir.«

»Lassen Sie sich taufen«, sagte Ingler zwischen den kleinen Schlucken, in denen er mit Behagen seinen Mokka trank. »Is mal was anders. Das Umgekehrte kommt häufiger vor, was, Rinkel?« Ingler grinste boshaft.

Rinkel, aus Galizien stammend, war vor Jahren zum Katholizismus übergetreten und liebte es nicht, an seine Herkunft erinnert zu werden. Im Gegenteil machte er gern kleine maliziös-antisemitische Bemerkungen.

Mit langen Schritten nahte sich jetzt der skelettartig magere Lyriker Haller, den großen »Bismarckhut« schief auf das wirre, stränige Haar gedrückt, dem Tische.

»Mit Schrecken seh' ich den von weitem«, zitierte Liebrecht und erhob sich eilig. »Hollah, Franzel, meine Zeche zahlt der Herr Rinkel«, rief er dem herbeistürzenden Zahlkellner zu, stülpte den schmutzig grauen Filz auf den schwarzen Haarbusch und verschwand.

»Dös nenn ich gescheit«, wienerte die Hollwitz. »So muß man's machen.«

»Ach«, sagte Rinkel, «wenn er mich nur im Wachen anpumpt, bin ich schon zufrieden. Aber denken Sie, meine Herrschaften, was mir passiert ist. Als ich gestern früh erwache und die Augen aufschlage, denke ich, ein Wahnbild narrt mich. Liebrecht sitzt auf meines Bettes Rand, natürlich schließe ich sie sofort wieder. Nach einer Weile blinzle ich mutig: Liebrecht sitzt auf meines Bettes Rand und nun höre ich, ist es kein Traum, denn jetzt sagt er: ›Pumpen Sie mir fix zehn Mark, Rinkel, ich habe eine reizende Kleine zu einem Ausflug nach dem Treptower Park eingeladen. Aber rasch, Mensch, denn um 8 Uhr muß ich schon auf der Jannowitzbrücke sein.‹«

»Sehen Sie, so etwas passiert nur einem, der eine Ministergage hat«, rief, nachdem sich das Lachen gelegt hatte, Haller herüber, der mit seinen mageren Händen hastig einen Stoß Wochenzeitschriften durchblätterte, um zu erfahren, ob etwas von seinen Produktionen erschienen sei. Er hatte stets vierzig Briefe unterwegs, die, Manuskripte im Bauch, den Weg zu Redaktionen und Druckerpressen suchten. »Sie fliegen aus, sie fliegen ein«, pflegte Ingler von ihnen zu sagen.

Hans Jäger sprach unaufhörlich zu Dore, die mehr den Scherzen am Tische zuhörte als ihm. Rinkel, die Hollwitz, Werner waren gegangen, andere gekommen. Franz'l flog mit Tabletts und Zeitungen her und hin. Er wußte von jedem, welche geistige und leibliche Nahrung er einzunehmen wünschte.

»Sagen Sie mal, Aristokratin, Sie sprechen wohl nur noch gegen Entree seit Ihrem Elvstedt-Erfolg«, rief Ingler zu Dore herüber.

21

»Der Jäger läßt mich ja nicht los«, rief Dore zurück, drehte sich von Hans Jäger fort und blickte mit munterem Blick über die Tische hinweg. Da erstarrte ihr Lachen. Sie spürte einen feinen Schmerz am Herzen. Dort drüben saß er, mit dem sie am Hafen von Allinge die wenigen Worte über Heimat gewechselt hatte. Er sah sie mit langen Blicken an und verneigte sich ein wenig.

»Wissen Sie nicht, in welchem Alter Lenau wahnsinnig geworden ist?« fragte Haller, eifrig in seinem Notizbuch schreibend.

»Haben Sie vielleicht ähnliche Gefühle?« rief Ingler herüber.

Hans Jäger aber begann ausführlich über Lenau zu dozieren.

Dore griff nach einem Journal und blickte hinein. Ihr Blick flog über die Zeilen, aber sie las nicht. Durch das Geschwirr der Stimmen glaubte sie das Meer rauschen zu hören. »Kennen Sie den großen, blonden Seemann da drüben am Tisch?« fragte sie nach einer Weile Jäger, während sie eifrig ein Bild in der Zeitschrift betrachtete.

»Den da drüben?« Das ist ja Bergmann«, rief Jäger erfreut aus. »Entschuldigen Sie mich einen Augenblick, und er lief mit freudigen Schritten an den Tisch dort hinüber.

Einige Minuten später kam er mit Bergmann zurück, der sich vor Dore verbeugte und seinen Namen nannte.

»Ich habe einige Meeresgrüße zu bestellen, gnädiges Fräulein«, sagte er in einer sicheren, gleichmäßigen Weise sprechend, die ganz mit seiner großen, vornehm wirkenden Gestalt zusammenpaßte.

Tadellos gekleidet, niemals den saloppen Schauspielerjargon gebrauchend, wirkte er mit seinem dünnen blonden Haar, dem glattrasierten Gesicht und den schlanken wohlgepflegten Händen eher wie ein Amerikaner, als wie ein Berliner Schauspieler.

»Daß Sie der Bergmann sind«, lachte Dore, »das hätte ich auch nie erraten. Eher witterte ich einen Vanderbilt in Ihnen.«

»O je! Ein Vanderbilt in Schulden vielleicht, meine Gnädigste. Also Berlin war die Stadt, von der Sie sprachen, dort unten am Hafen von Allinge?«

Dore schwieg.

»Dort auf den Steinen am Meer machten Sie sich entschieden besser, als hier in Tabaksqualm und Kaffeeduft«, sagte Bergmann nach einiger Zeit, während er langsam eine Zigarette in Brand setzte.

»Ja, Verehrtester, da ich aber in einer Stunde zehn Schritte von hier Komödie spielen soll, kann ich unmöglich jetzt auf einer Bornholmer Kaimauer sitzen«, scherzte Dore.

»Nein, da müssen Sie natürlich und unbedingt im Café sitzen und sich von jedem Flaps den Rauch ins Gesicht blasen lassen. Besonders seit sie so eine halbe Berühmtheit geworden.«

»Möchten Sie bei solchem Wetter hoch oben in einem kleinen möblierten Zimmer sitzen?«

»Warum nicht?« Er blickte Dore ins Gesicht.

»Finden Sie es so schlimm, hier mit klugen, heiteren Menschen zu plaudern?«

»Klugen, heiteren Menschen? Egoistische Neidhammel würde ich sagen. Schlimm find' ich es nicht, aber unschön. Die Frau, die ich liebte, dürfte nicht hier sitzen.«

Bergmann suchte bei diesen Worten gleichmütig in den Zeitungen, welche auf dem Tisch lagen.

»Übrigens las ich zufällig die Kritik von Fritz Schmidt über Sie. Schmidts Kritiken sind die einzigen, die ich lese. Ich hatte beinahe Lust, mir diese Elvstedt anzusehen. Ohne daß ich ahnte, daß jene Dore Brandt meine Hafendame ist.«

»Dann kommen Sie doch einmal hinein, wenn ich spiele.« Dores Stimme klang hell und froh. Ihre Augen strahlten, die zarten Wangen waren leicht gerötet, und eine kleine, krause Strähne ihres schönen Haares hing in die Stirn hinein.

Bergmann sah sie lächelnd an. Dore schlug die Augen nieder und wiederholte unsicher, was sie eben gesagt hatte.

»Ja, vielleicht«, sagte Bergmann, indem er sich lässig erhob. »Wenn man so ziemlich jeden Abend selber den Harlekin macht, meidet man an den wenigen freien Abenden gern jede Art von Kunststätte. Aber möglich ist alles.«

Er verbeugte sich formell vor Dore, drückte einen leichten Kuß auf ihre Hand, rief den Kellner, zahlte, ließ sich in den Überzieher helfen und ging langsam durch den großen, stimmenerfüllten Raum zur Türe. Die eben geführte Unterhaltung schien lange vergessen zu sein.

»Aber ich muß nun auch fort«, sagte Dore und verließ ihren Platz. Sie wehrte Hans Jägers Begleitung heftig ab, verabschiedete sich flüchtig von den wenigen, die noch am Tische saßen und eilte hinaus.

Die kühle Luft tat ihr gut nach dem Dunst dort drinnen. Langsamen Schrittes ging sie in dem feinen Sprühregen dem Theater zu.

Tag für Tag rieselte der feine Regen in kalten, peinigenden Tropfen hernieder. Wie eine große Wolke Mißmut lag der Himmel über der brausenden Stadt. Man sah aus dem rastlos brodelnden Dampfkessel der Arbeit finster nach oben.

Wenn das so weiter geht, ist das Weihnachtsgeschäft verdorben, dachten die Leute. Den Theaterdirektoren war dieses Wetter willkommen. Wie nasse Pudel, die einen Unterschlupf suchten, kamen die Menschen in Scharen herbeigeströmt, sobald die elektrischen Lampen über den Eingängen aufflammten.

Das glattrasierte Patergesicht Gollbergs glänzte, als habe er eben ein Fläschchen köstlich süffigen Weines geleert. Er hatte den Kassenrapport erstattet bekommen, und mit dem raschen Schritt der Freude eilte er über die dicken Teppiche des Foyerganges seinem Privatbureau zu. Von der Bühne drangen gedämpfte Worte heraus, der erste Akt mußte bald zu Ende sein.

Er sah nach der Uhr, um neun Uhr wollte er bei Borchardt sein, um Käte Anker zu treffen. Er wußte selbst nicht, wie es gekommen war, daß sich dieses Verhältnis so fest geschmiedet hatte. Die Zeit, daß er bei Käte Ankers Anblick erbebte, war lange vorüber. Aber er liebte keine großen einschneidenden Veränderungen im Leben, ihm gab gerade die Gewohnheit Kraft zur Arbeit.

Wenige Schritte vor der Tür seines Privatzimmers bemerkte er Dore Brandt, die im zweiten Akt aufzutreten hatte und darum jetzt erst kam. Im dunkelblauen Jacketkleid, schlank und leicht kam sie die Treppe empor, ernst vor sich hinblickend.

»Sie ist doch ganz entzückend«, dachte Direktor Gollberg in seiner frohen Laune und blieb stehen.

»Nun, kleine Brandt, so ernsthaft?«

Dore fuhr zusammen.

»Guten Abend, Herr Direktor«, sagte sie dann, den feinen Kopf ein wenig verlegen neigend.

»Ich erwarte jetzt Werkenthin, um Hebbels Maria Magdalene zu besprechen. Wie wär's, wenn wir Sie die Klara versuchen ließen?« Er faßte Dore leicht unters Kinn und sah ihr lächelnd in die Augen, die ihm in unfaßbarem Glück entgegenleuchteten.

»Na wollen sehen«, fügte Gollberg hinzu, indem er in der Tür seines Zimmers verschwand.

Daß der Direktor seinen plötzlichen Einfall nicht geändert hatte, erfuhr Dore schon am nächsten Tage, als man ihr die Rolle der Klara ins Haus brachte. Gerade, als sie sich anschickte, in das Café Metropol zu fahren, das sie jetzt jeden Nachmittag aufsuchte.

Sie legte voll stiller Freude das umfangreiche Rollenheft auf den Tisch, und gefeit gegen Wind und Regen wanderte sie unter den entlaubten Bäumen des Tiergartens den langen Weg zur Stadt hinein. Sie ging als Klara. Dreimal hatte sie seit gestern abend dieses Werk Friedrich Hebbels gelesen. Eigentlich nichts anderes seitdem getan und gedacht. Ein starkes Glücksgefühl durchschwellte sie.

Als sie vor der Tür des Cafés stand, hatte sie eigentlich gar nicht mehr den Wunsch, hineinzugehen. Aber nach einigem Zögern schritt sie doch durch die Tür und auf den ersten Blick sah sie, daß Bergmann heute da war. Das erste Mal wieder, nachdem sie vor bald einer Woche miteinander gesprochen hatten.

»Da kommt ja Käte Anker Nachfolger«, sagte die Hollwitz, die heute hellblau erschienen war, mit spitzer Stimme. Trotzdem die Rolle, die Dore zuerteilt war, gar nicht ihr Fach betraf, beneidete sie Dore brennend.

»Gratuliere«, rief Bergmann, als Dore an den Tisch trat, »man hat eine große Rolle bekommen, nicht wahr?«

»Ja, aber woher wissen Sie?...«

»Ach, Fräulein Hollwitz deutete es eben an«, sagte Bergmann ruhig, worauf ein allgemeines Gelächter ausbrach.

Dore war verwirrt. Es rauschte in ihren Ohren, sie hatte Bergmanns Stimme gehört, ohne die Worte zu erfassen. Man lachte noch immer und sprach durcheinander.

»Bin ich das Karnickel, das herhalten muß«, sagte sie lächelnd, als sie auf ihrem gewohnten Platz saß und die Befangenheit sich verlor.

»Wo haben Sie denn gestern Abendbrot gespeist, Brandt?« rief die Larsen, die ihre überschlanke Burne-Jones-Gestalt mit einem glatten Stück schwarzen Taffet umhüllt hatte, das nicht einmal mit dem reformiertesten Reformkleid mehr etwas gemeinsam hatte und höchstens mit einem Schirmbezug vergleichbar war. Dazu trug sie auf dem blondgescheitelten Haar einen großen roten Hut mit grünen Weintrauben.

»Ich will Sie nur zu der neuen Rolle beglückwünschen«, fügte sie den Lärm durchkreischend hinzu, denn sie glaubte, nicht deutlich gewesen zu sein.

Die Hollwitz quiekte vor Vergnügen.

»Sie wissen ja, daß ich Gollbergs Schülerin war, ehe er Direktor wurde. Vielleicht hat er daher Interesse für mich«, sagte Dore ruhig zu der neben ihr sitzenden Hollwitz.

»Schülerin ist jut«, rief die Larsen, die mit der Hand am Ohr Dores Worten gelauscht hatte.

»Zankt Euch in Eurer Garderobe, Weibsvolk«, brummte Ingler, der ganz in eine Kritik über seinen Falstaff vertieft war.

»Sehen Sie«, sagte Bergmann leise, »das kommt davon. In dem kleinen möblierten Zimmer, hoch oben, würden Sie so etwas nicht zu hören bekommen.« Er sah Dore herzlich in die Augen. Dore schwieg. Sie fühlte sich erniedrigt und kämpfte stark mit Tränen. Am Tisch drehte sich das Gespräch schon längst um anderes. Nur die Larsen sah noch giftig zu Dore herüber.

»Da werden Weiber zu Hyänen«, zitierte etwas verspätet Haller, der mit weit über die mageren, gelblichen Hände gerutschten Manschetten weiße Papierstreifen mit Versen füllte.

»Mensch, dichten Sie doch nicht in einem fort. Es kann einem ja übel werden«, warf Köhler, der Dramaturg, hinter einem großen Zeitungsblatt dazwischen. Er war, wie Ingler feststellte, jetzt bei der siebzehnten Zeitung angelangt. Boshafte Leute sagten von ihm, daß seine Haupttätigkeit darin bestand, Zeitungen aus aller Welt nach Berichten über das Theater, dem er angehörte, zu durchsuchen.

»Na, Köhler, wie wär's mit einem Tarok? Gerad' ein Stündchen hätt' ich noch Zeit«, rief Ingler herüber. »Oder müssen Sie sehen, ob in Hongkong einer über unseren Direktor schimpft, Sie Papierratte?«

»Haben wir denn einen Dritten?« Köhler fuhr aus einer Zeitung hervor.

»Ja, ja, nur los.« Und beide begaben sich in das Spielzimmer.

Dore und Bergmann blieben allein am Ende des Tisches.

»Spielen Sie heute abend?« fragte Bergmann.

»Nein, heute nicht.«

»Würde es Ihnen Spaß machen, in das Theater zu kommen und mich als Hjalmar Ekdal zu sehen?« Bergmann sprach ruhig und gleichgültig. Dore aber war dunkel errötet.

»Sehr gern«, sagte sie hastig und bereute im selben Augenblick ihre ungeschickte Schnelligkeit. »Ich wollte heute allerdings mit dem Studium der Klara beginnen«, fügte sie hinzu.

»Ganz wie Sie wollen«, sagte Bergmann liebenswürdig und erhob sich. »Ich muß jetzt gehen. Wenn Sie kommen wollen, lasse ich ein Billet für Sie an der Kasse zurücklegen?«

»Ja, dann bitte ich darum«, sagte Dore leise.

»Das ist nett. Sie können noch gut eine halbe Stunde hier sitzen.« Bergmann drückte ihr herzlich die Hand, warf bei dem Mantelüberziehen noch ein Scherzwort zu Grete Hollwitz herüber und ging.

Auch die Larsen und Grete Hollwitz erhoben sich bald darauf. Die Larsen spielte heute und Grete Hollwitz wollte mit ihrem Fritz in das ›Trianon‹ gehen.

Dore saß still versonnen da und wartete, daß die Zeiger der gegenüberliegenden Uhr vorrückten.

Als Dore allein aus dem Café trat, war der Regen versiegt, ein kühler Wind versuchte, die Straßen zu trocknen, und die Leute gingen, die Köpfe endlich wieder unbeschirmt in die frische Luft erhoben, mit raschen Schritten.

»Wie ist man vom Wetter abhängig«, dachte Dore und schob auch ihre frohe Stimmung dem frischen Winde zu, der da droben an dem abendlichen Himmel die Wolken zerteilen half. –

Und dann saß Dore im Theater, sie hatte einen Logenplatz dicht an der Bühne und keine Einzelheit von Bergmanns feinem, geistvollen Spiel entging ihr. Die ganze Aufführung der ›Wildente‹ war auf das künstlerischste abgetönt, und Dore durchlebte einen vollen Kunstgenuß. Erst nachdem der eiserne Vorhang sich rasselnd gesenkt hatte, ging sie still zum Theater hinaus.

Durch die großen, zwischen den Hinauseilenden schwerfällig sich auf und zu bewegenden Glastüren drang frische Winterluft herein, und als Dore in das Freie gelangte, sah sie über dem hellen trockenen Pflaster der Straße die Sterne blinken und sich im kalten Wasser der Spree spiegeln. Der frische Wind war eisig geworden, der erste Frost war da.

»Hab' ich Sie also doch erwischt?« Hinter einer der Säulen, welche den Eingang des Theaters umfaßten, trat Bergmann mit schnellen Schritten hervor. Seine Stimme hatte im Unterschiede zu sonst einen lebhaften Klang. Gang und Sprache waren hastig. Sein ganzes

Wesen glühte und zitterte noch von dem eben beendeten Spiel.

»Nun, was sagen Sie zu dem Weihnachtswetter«, sagte er ganz froh und zog seinen Arm durch Dores Arm, als wäre dies ganz etwas Selbstverständliches.

»Ich bin froh, wieder die Sterne zu sehen«, antwortete Dore und versuchte, ihrer Stimme einen munteren Klang zu geben. Das Herz klopfte ihr bis zum Halse.

Arm in Arm gingen sie schweigend weiter den dunklen Weg am Spreeufer entlang. Vor ihnen, immer näher rückend, lag wie eine große erleuchtete Butterglocke der Friedrichstraßen-Bahnhof, und Gebrause und Getöse drang dumpf von dort herüber. Um sie herum war es still. Nur das dunkle Wasser der Spree gluckste und platschte.

»Sie überlegen doch nicht etwa, wie Sie mir auf geschickte Weise ein Kompliment beibringen können«, unterbrach Bergmann das Schweigen.

Dore lachte. »Ich glaube, ich dachte an gar nichts«, sagte sie. »Aber es scheint mir, daß Sie darauf warten?« Sie sah lächelnd zu ihm auf. Sie reichte Bergmann gerade bis zu den Schultern und nahm sich neben seiner breiten Gestalt doppelt schlank und zierlich aus.

»O, nein, nein«, rief Bergmann sich zu ihr niederbeugend. »Aber ich werde Ihnen jetzt ein solches machen. Ich habe Sie neulich als Elvstedt gesehen. Alle Hochachtung. Ich erwarte viel von Ihrer Klara.«

»Wirklich?« Dore sah glücklich zu ihm auf.

»Allerdings haben Sie auch ganz das irritierende Haar, das diese kleine Elvstedt braucht.« Bergmann versuchte eine der Locken zu haschen, die der Wind hervorgezaust hatte und an seine Schulter wehte.

Sie kamen langsam dem Bahnhof näher.

»Sehen Sie«, sagte Bergmann, »jetzt hören die Sterne auf, und die Bogenlampen beginnen.« Er deutete auf den hellen Lichtschein, der über der Friedrichstadt lagerte und die Sterne unsichtbar machte. »Ganz als wüßte der Himmel, daß alles, was da unten nach Nachtvergnügen giert, doch nicht hinaufschaut, ob seine Kerzen brennen.«

Jetzt standen sie an der Treppe zum Bahnhof, die Züge brausten über ihren Köpfen.

»Ich habe noch eine Verabredung in der Stadt«, sagte Bergmann hastig nach kurzem Zögern. »Entschuldigen Sie daher, wenn ich Sie nicht weiter begleite, gnädiges Fräulein.«

»Ich danke Ihnen für den Abend«, erwiderte Dore leise und legte ihre Hand in seine.

Er hielt sie fest. »Ich hätte gerne gehört, was sie über meinen Hjalmar denken, darf ich Sie einmal zu einem Spaziergang abholen?«

»Gewiß, aber wann? Ich habe an allen Vormittagen Probe.«

»Wie wär's, wenn wir gleich den morgigen Sonntag benutzen, um irgendwo draußen den jungen Winter zu begrüßen?«

Dore nickte stumm. Von seiner Hand, die noch immer die ihre umschlossen hielt, ging eine Wärme aus, die ihren ganzen Körper zu überfluten schien.

Ganz verwirrt eilte sie einige Minuten später die Stufen zum Bahnhof hinauf. Sie wußte von dem, was nun gesprochen worden war, nur, daß Bergmann sie morgen treffen wollte. –

Noch lange stand Dore diesen Abend an dem Fenster ihres Zimmers, ließ sich den kalten Wind um die Stirne streichen, sah die Sterne und weiter dort oben über der Spree den hellen Lichtschein der Stadt.

Als sie schlafen gegangen war, flatterte die Wildente, die nicht mehr das Meer finden konnte, durch ihre wirren Träume.

In einem dunstigen Caféhaus saß Bergmann an einem klebrigen Tisch, der von vergossenen Spirituosen tropfte, Schulter an Schulter mit Leuten, die er am Tage kaum grüßte. Die Karten flogen und klappten, nur heisere, unartikulierte Ausrufe unterbrachen hier und da die gespannte Stille. Bergmanns Gesicht war rot und aufgedunsen, sein Atem keuchte, sein Rock war über und über mit Zigarrenasche bestaubt, und seine Hände, die zitternd die beschmutzten Karten hielten, sahen breit und gewöhnlich aus, man konnte zweifeln, ob dies wirklich Ernst Bergmann war.

Erst als der klare, frostige Wintermorgen über den Dächern zu fahlen begann, schwankte Bergmann nach Hause, um sofort in schweren, traumlosen Schlaf zu sinken.

Als Bergmann am anderen Tage in der klaren Wintersonne, Dore erwartend, auf und ab schritt, schämte er sich wie immer der durchwüsteten Nacht. Es schien ihm unbegreiflich, warum er nicht, wie er beabsichtigt hatte, das liebe Mädchen bis zur Haustür begleitet hatte, statt die Nacht mit den Schmutzgesellen zu verbringen und neue Schulden auf die alten zu häufen. Diese wilde Spielwut war stärker als alles. Sie trieb ihn, Vergessenheit suchend, von einem Weibe zum andern, und doch vermochte auch die Liebe ihn niemals länger als einige Tage vom Spieltisch fernzuhalten. Sobald der erste Rausch vorbei war, siegte die Leidenschaft zu den Karten und trieb ihn fort. Immer wiederholte sich das Gleiche. Jeden Morgen war er sich selbst zum Ekel, schwor, keine Karte mehr zu berühren, und jeden Abend fand er sich wieder in einem Wirtshauszimmer, die schmutzigen Karten in den gierigen Händen. Wenige kannten ihn von dieser Seite, die meisten konnten sich ihn wohl nicht anders denken, als wie er hier daherschritt, ruhig, gemessen, kein Stäubchen auf Hut und Rock. –

Inzwischen bemühte sich Dore ein wenig, wenigstens ein ganz klein wenig, zu spät zu kommen. So schwer es war. Denn eigentlich war Dore schon seit dem frühen Morgen fertig und zum Ausgehen gerüstet. Seit sie sich gleich nach dem Erwachen überzeugt hatte, daß die Sonne da war, hatte sie nichts anderes tun können, als sich auf den Spaziergang zu freuen. Zu arbeiten war ihr ganz unmöglich, und in süßer Ruhelosigkeit ging sie in dem kleinen Zimmer umher. Sie holte ein Buch hervor, blätterte gedankenlos darin und steckte es fort. Sie fädelte eine Nadel ein, nähte summend ein paar Stiche und ließ die Nadel sinken, sie ging an das Fenster, öffnete es, sog mit Behagen ein paar Züge der frischen Luft ein, fing ein paar Glockentöne auf und schloß es wieder, um wieder weiter ruhelos zwischen den engen Wänden umherzuwandern.

Endlich schlug es elf. Wenn sie nun ging, kam sie gerade recht, das heißt fünf bis zehn Minuten nach der verabredeten Zeit. Jetzt befiel sie eine fieberhafte Eile. Wenn sie den Zug versäumte und viel zu spät kam? Würde Bergmann warten?

Als sie dann geborgen in der Eisenbahn saß, blickte sie allen Mitreisenden mit freundlichem Lächeln ins Gesicht. Sonst war ihr der Sonntag, wo alles auf den Beinen zu sein schien, ein Schrecken gewesen. Heute erfüllte sie zum ersten Male Sonntagsstimmung, und alle die geputzten Menschen, die den Wochentag abgestreift hatten und Wald und Sonne suchten, schienen ihr rührend und liebenswert.

»Natürlich zehn Minuten zu spät, man wäre ja sonst kein Weib«, waren Bergmanns frohe Begrüßungsworte, mit denen er Dore aus dem Wagen half. Dore errötete wie ein ertapptes Schulmädchen.

»Also hinab zur Havel«, kommandierte Bergmann, und heiter begannen sie die Wanderung über den hügeligen Waldboden, zwischen den rotbraunen Stämmen der dürren Fichten. Sie sprachen von diesem und jenem. Gescheites und Belangloses, aber gleichviel, ob sie sich neckten oder tiefernste Worte sprachen, ihre grauen Augenpaare strahlten ineinander. Als sich ein Pärchen, das vor ihnen schritt, plötzlich umarmte und küßte, lachten sie nicht darüber, sondern sahen verlegen zur Seite.

Mit einem Jubelruf lief Dore von dem letzten Waldhügel bis dicht an das sandige Ufer der Havel herunter. Leise rauschend floß der breite Strom unter dem blaßblauen Winterhimmel dahin. Dore und Bergmann setzten sich auf ein paar Baumstümpfe und sahen dem gleitenden Wasser nach. Zwei Möven flogen auf und nieder und streikten mit ihren schimmernden Flügeln über den Fluß.

Dore sagte: »Nun könnte man beinahe denken, daß man am Meer sei.«

»Bald wird alles gefroren sein. Ich wünschte, die Welt würde sich jetzt zum Frühling rüsten, statt dem Winter entgegenzuwelken«, sagte Bergmann langsam.

»Warum?«

»Ich wünschte, die Welt würde sich jetzt zum Frühling wenden«, wiederholte er langsam und sah in Dores Augen.

Dore sprang auf. »Frühling, Sommer, Herbst und Winter, alle sind sie Gotteskinder. Denken wir an diesen Kinderspruch.« Sie zog Bergmann von seinem Platz und lief ihm voran den Hügel hinauf. Unter Necken und Scherzen nahmen sie oben in dem einfachen Restaurant ein kleines Mittagsmahl ein. Wenn sich die Blicke nicht begegneten, dann gingen sie über den sonnenbeschienenen, ruhelosen Strom und über die hügeligen

Ufer, wo zwischen den feinen Umrissen der Baumgerippe bunt wirkende Menschen die matte Wärme der Wintersonne suchten.

Lachen in den Augen begaben sich Dore und Bergmann auf den Rückweg. Bei Beginn des Waldes kam ihnen eine kleine Reitergesellschaft entgegen; Uniformen leuchteten weit durch die Stämme der Bäume. Die Reiter, ältere Offiziere, sprengten dicht an Dore und Bergmann vorüber und einer von ihnen drehte sich nach ihnen um und lachte laut auf.

»Was wollte denn dieser Tappergreis von uns?« sagte Bergmann unangenehm berührt.

»Es war mein Vater«, sagte Dore tonlos und sah mit glanzlosen Augen aus aschfahlem Gesicht zu Bergmann auf. Sie gingen schweigend weiter, einen weiten Raum zwischen sich lassend.

»Ach Kind, wer hat nicht einen Nagel im Schuh, der hier und da beim Gehen drückt. Das hat wohl jeder von uns. Darüber muß man hinwegkommen, liebe Dore Brandt«, sagte Bergmann nach langer Zeit.

Dore ging schweigend weiter, den Kopf tief gesenkt.

»Man sollte wie eine Blume auf die Welt kommen, aus der Erde aufwachsen. Statt zeitlebens den Fluch der Entstammung tragen zu müssen«, fing Bergmann wieder an.

»O nein, ich glaube an eine Liebe, an die stärkste Liebe der Welt, die es zwischen Eltern und Kindern geben muß, und die nichts gemein hat mit diesem armseligen Gefühl, womit die meisten Kinder abgespeist werden. Besonders die, in deren Familien alles, alles dem äußeren Schein geopfert wird, und wo von Geschlecht zu Geschlecht mehr und mehr jedes echte Gefühl verkümmert«, brach es aus Dore hervor.

»Ja, hier kann ich nicht mitsprechen«, erwiderte Bergmann. »Ich war schon mit sieben Monaten eine Waise und wurde von einer Erziehungsanstalt in die andere gestoßen, bis die kleine Erbschaft meiner Eltern, mein Vater hatte bei Lebzeiten fast all sein Geld verspielt, zu Ende war, und ich nun selbst sehen konnte, wo ich blieb. Somit verstehe ich nichts von all diesem Familienhumbug, was ich übrigens nicht im geringsten bedauere.«

»Haben Sie sich nie nach einer Mutter gesehnt?«

»Gewiß«, antwortete Bergmann rauh. »Oft bilde ich mir sogar ein, ein Lied im Ohre zu haben, das sie mir sang. Dabei lag sie unter der Erde, ehe ich den ersten Zahn im Munde hatte.« Er schlug mit seinem Stock krachend gegen einen Baumstamm. »Aber was faseln wir da, beeilen wir uns lieber, aus dem Walde herauszukommen, ehe die Sonne herunter ist«, fügte er in seiner gewohnten, lässigen Weise hinzu.

Sie schritten rasch vorwärts. Die Dämmerung schlich sich durch die dunklen Stämme und die Mißstimmung der beiden Menschen wuchs mit ihr. Dore sah des Vaters höhnisches Gesicht und hörte sein Lachen. Wo war es geblieben, was sie von diesem sonnigen Tage erwartet hatte?

Bergmanns frische Morgenstimmung war verflogen. Die durchwachte Nacht machte sich in einer bleiernen, greinigen Müdigkeit geltend. Er ärgerte sich, daß er wie ein Lehrbub mit seinem Mädchen hier Sonntags im halbdunklen Wald umherlief. Er fror. Nur nach Haus, um, ehe er in die Vorstellung mußte, ein paar Stunden schlafen zu können. Nach Schluß des Theaters wollte er doch wieder die kleine Senten vom Metropol-Theater zu finden suchen. Er war einmal um fünf Uhr morgens in einer Bar mit ihr bekannt geworden, und eine ganze Zeitlang waren sie gute Freunde gewesen. Er sehnte sich nach Tollheit. Das widerwärtige Lachen des fremden Alten klang ihm noch immer im Ohr. Die Senten war schließlich noch die einzige, die ihn von Zeit zu Zeit dem Spieltisch entreißen konnte.

So ganz wieder mit sich selbst beschäftigt, verabschiedete sich Bergmann, als sie den Bahnhof erreicht hatten, flüchtig und förmlich von Dore, ohne ihre traurig fragenden Augen zu bemerken.

Es war dunkel und empfindlich kalt geworden. Ein behagliches Gefühl durchströmte Bergmann, als er in sein warmes, von Zigarettenduft erfülltes Zimmer trat. Ohne Licht anzuzünden, legte er Hut und Mantel ab und warf sich auf den breiten Divan, tappte nach der Schlafdecke, rollte sich wohlig in dieselbe ein und war im nächsten Augenblick eingeschlafen.

Auch Dore hatte, als sie ihr Zimmer betrat, kein Licht entzündet. Das Gesicht in den Händen verdeckt, saß sie in lautlosem, schmerzhaftem Schluchzen.

An der anderen Seite der Wand rieselte wie ein Wasserfall Frau Klinkerts fette Stimme im Wechselgespräch mit der schnellen, lispelnden Zunge der Nachbarin. Auf der Straße rollten die Wagen hohl über das gefrorene Pflaster, und die eiligen Schritte der frierenden Spaziergänger hallten herauf. Sie dachte an den Vater, an Bergmann, an den hellen Anfang des dunkelnden Tages.

Es klingelte draußen, und gleich darauf klopfte es an Dores Tür. Dore zuckte zusammen. Sollte Bergmann? Aber im selben Augenblick sah sie auch Mara Schollers gutes Gesicht in dem hellen Lichtschein der geöffneten Tür.

»Sitzest du hier im Dunkeln, Dore?« klang es fragend in das Zimmer.

»Ja, Mara! Das ist nett von dir, daß du zu mir kommst.« Und Dore erhob sich, steckte die Lampe an und hörte Maras heiteres Schwatzen an ihrem Ohr vorübergleiten.

Mara holte sich Feuerung von Frau Klinkert, heizte lachend den Ofen, und erst nach langer Zeit merkte sie, daß Dore kaum antwortete.

»Ich störe dich wohl, Dore? Du willst gewiß noch lernen, denn du bist ganz wo anders mit deinen Gedanken.«

»Ich bin nur müde«, sagte Dore.

Dann will ich lieber gehen.« Mara erhob sich rasch und holte Hut und Mantel.

»Adieu, mein Liebling, du gefällst mir heute gar nicht«, sagte sie und sah Dore herzlich an.

Als sie schon an der Tür war, kam sie noch einmal zurück und sagte stark errötend: »Bist du mir vielleicht bös' Hans Jägers wegen?«

»Hans Jägers wegen?«

»Nun, ich wollte es dir heute sagen, ich glaube – ich glaube – ich finde ihn nämlich gar nicht komisch, wie du ihn immer fandest, und er – er – wir waren heute spazieren im Tiergarten und – und glaubst du, daß er mich begleitet, weil ich deine Freundin bin?«

»O nein«, sagte Dore in warmer Herzlichkeit und ging ein paar Schritte auf Mara zu. »Jetzt fällt es mir erst auf, er hat sich schon viele Tage nicht mehr um mich gekümmert. O, du Liebe«, und sie gab der Freundin zum ersten Male einen Kuß. Mara schlüpfte mit einem glücklichen Lächeln zur Tür hinaus, und Dore war wieder allein.

Sie wollte sich zusammennehmen und an das Studium ihrer Rolle denken, aber es ging nicht. Eine sehnende Angst brannte in ihr und zwang sie, ihren Gedanken nachzuhängen.

Sie sah den Sonntag-Abendtisch im elterlichen Hause. Anna war wohl mit ihrem Gatten zu Besuch. Vielleicht lachte der Vater auch mit ihm, dem Fremden, über Dore, sein Kind? War die Mutter dabei? Und dann folgten Dores Gedanken Ernst Bergmann in das Theater und wieder hinaus in die kalte Winternacht. Müde legte sie sich nieder. Frau Klinkerts Redestrom, der immer noch rauschte, leitete sie allmählich in den Schlaf hinüber, und Tränen an den Wimpern, schlief Dore endlich den festen Schlaf der Jugend.

Gestärkt erwachte sie am andern Morgen und ging frisch und voll neuen Lebensmutes zum Theater. Während der fünfstündigen Probe tauchte sie vollständig unter in ihrer geliebten Kunst. Alles, was außer dem Bereich ihrer Rolle lag, war versunken. Sie sah nicht die angstvolle Eifersucht auf dem Gesicht von Käte Anker, die mit dem selbstgenommenen Recht der Favoritin als einziger Zuschauer im Parkett saß. Sie fühlte nicht die heißen Blicke des Direktors, die ihre ebenmäßige, in der Leidenschaft des Spieles erbebende Gestalt umfaßten.

Als sie das Theater verließ, war es ihr, als hätte sie sich selbst wiedergefunden. Sie ging gleichgültig am Café Metropol vorüber und schritt leichten Herzens durch die vom Weihnachtstrubel erfüllten Straßen. Die Kinder hatten erwartungsvolle Augen, die Erwachsenen lächelnde, geheimnisvolle Mienen. Überall quakten Frösche, krähten Hähne, knarrten Waldteufel, surrten Windmühlen. Dazwischen klirrten Schlittschuhe am Arm Vorüberschreitender. An vielen Ecken standen schon die Tannenbäume wartend auf Käufer, ihr Duft, der die Luft erfüllte, rief den Frohen »Weihnachten, Weihnachten!« zu. Rot und kalt verschwand die Sonne hinter den Bäumen des Tiergartens, als Dore zu Hause anlangte. –

Die nächsten Tage hüllten Dore vollständig in Arbeit ein. Nach den anstrengenden Proben kamen die Besuche bei der Schneiderin, denn jetzt mußte schon an die Kostüme gedacht werden.

Werkenthin war kein liebenswürdiger Regisseur. Oft kam es vor, daß seine schrille Stimme Dore dreimal im Satz unterbrach. Seine Anmerkungen wurden stets in so hämischen Ausdrücken gegeben, daß Dore sich zusammennehmen mußte, um nicht in Weinen auszubrechen. »Er muß Hämorrhoiden haben, der ekelhafte Kerl«, rächte sich Ingler brummend.

Im allgemeinen gab es unter Werkenthin keine Probe, in der nicht eines der Mitglieder je nach seiner Veranlagung Wutausbrüche oder Weinanfälle bekam. Aber was dieser wütige Kerl inszenierte, klappte tadellos bei der Vorstellung, das mußte jeder zugeben. Keiner wußte das besser wie Direktor Gollberg, und darum sah und hörte er nichts von Werkenthins Grobheiten, und er behielt ihn trotz aller Beschwerden, so unsympathisch ihm, dem sich stets Beherrschenden, dieser kleine, dürre, stets gereizte Mann im Geheimen war. –

Eines Nachmittags, als Dore erregt und müde aus einer solchen Probe nach Hause kam, flüsterte Frau Klinkert beim Türöffnen mit listigem Augenzwinkern: »Ein Herr wartet schon lange.«

Als Dore die Zimmertür öffnete, sah sie Bergmann auf ihrem Fensterplatz sitzen. Sie fühlte sich mit einem Male geborgen und beschützt, und sie hatte die Empfindung, als müsse sie jetzt jubelnd an seinen Hals stürzen. Statt dessen blieb sie steif in der Tür stehen und stammelte ›Guten Tag‹.

»Entschuldigen Sie meine Keckheit, kleine Kollegin«, sagte Bergmann, ihr entgegengehend. »Ich hatte Sehnsucht nach ihrer lieben Stimme.«

Dann saßen sie beide in dem dämmrigen Zimmer am Fenster, dessen gefrorene Scheiben vor Frost klirrten. Auf dem Tisch surrte mit violetter Flamme die Teemaschine, und der Duft von Tee und Zigaretten strich durch das kleine, warme Zimmer.

Die bläuliche Dämmerung webte Schleier vor die Gesichter, und Dore erzählte leise von dem verlorenen Elternhaus, von Träumen, Hoffen und Streben, und hörte still mit wehem Herzen die wilde Beichte des vor ihr knienden Geliebten.

»Von Tollheit zu Tollheit rase ich und schäme mich dann so, schäme mich dann so«, stöhnte er und verbarg sein Haupt in Dores Händen. »Sei gut zu mir, du Reine, und hilf mir. Sprich, sprich, immer möcht' ich dich sprechen hören, vielleicht klang so die junge Stimme meiner Mutter.«

Von selbst kam das Du auf ihre Lippen, die noch kein Kuß verbunden hatte. –

Draußen an der Tür stand Frau Klinkert und spitzte die Ohren. Das Fräulein hatte also Herrenbesuch und noch nicht die Lampe angezündet. Sollten bessere Zeiten kommen? Das Fräulein war nicht geizig und zahlte pünktlich. Aber Herrenbesuche bringen Trinkgelder und lassen leckere Reste von Wein und Süßigkeiten zurück.

Die runde Frau war nicht umsonst seit zwanzig Jahren Zimmervermieterin in Berlin. Sie kannte das Geschäft. Darum war sie nicht recht zufrieden, daß gar kein kicherndes Lachen herausdrang. Schließlich konnte sie ihre Neugierde nicht mehr bezwingen, sie klopfte an und öffnete rasch die Tür. Die beiden saßen plaudernd am Fenster. Frau Klinkert stellte eine unwichtige Frage und zog sich enttäuscht zurück.

Mit ihrem plumpen Schattenriß war die Wirklichkeit in das Zimmer gedrungen. Bergmann erhob sich und rief: »Ich glaube, es ist die höchste Zeit, daß ich zum Theater fahre.«

»Ach, ich spiele ja auch heute Abend.« Dore eilte zum Tisch und zündete die Lampe an. Da sahen sie sich in die Augen, verweint und doch in glücklichem Jubel.

41

»Tut es dir sehr leid, statt im Café Metropol hier in dem kleinen, möblierten Zimmer gewesen zu sein?« neckte Bergmann, sie an sich ziehend.

Da verbarg Dore ihr Gesicht an seiner Schulter und duldete, daß seine heißen Lippen ihr auf Haar und Stirn brannten, bis sie die ihren in heißem Kuß fanden.

»Darf ich morgen wiederkommen?« flüsterte Bergmann. Dore nickte, und einen Augenblick später fiel die Tür hinter Bergmann ins Schloß.

Mit brennenden Augen kam Dore ins Theater. Kaum wußte sie, wie sie plötzlich dahin gelangt war. Ihre leuchtenden Augen sahen über alles hinweg. Sie spielte so voller Leidenschaft, daß sie sich wiederholt auf offener Bühne Beifall holte. Sie war wie getragen von Glück und Jubel.

Die Vorstellung war zu Ende, und Dore freute sich, ihr stilles Zimmer wiederzusehen. In dem Augenblick, da sie das Licht in ihrer Garderobe löschen wollte, öffnete sich die Tür, und Gollberg trat rasch herein.

»Sie waren ausgezeichnet heute«, sagte er lächelnd. »Ich bin stolz auf meine Schülerin. Aber über die Klara hätte ich Ihnen gern noch einiges gesagt. Wenn Sie den heutigen Abend frei haben, würde ich mir die Zeit nehmen, einmal ausführlich über die Rolle mit Ihnen zu sprechen. Wir könnten ja irgendwo zusammen zu Abend essen. Vielleicht bei mir.« Gollberg sprach ruhig und sachlich, aber seine Augen bohrten sich mit stierem, flackernden Glanz in Dores und ließen sie die ihren niederschlagen.

»Ich, ich danke sehr, Herr Direktor. Aber – aber ich habe den heutigen Abend schon vergeben«, stotterte Dore hilflos, verlegen.

»Ah, Sie sind schon vergeben, da bedaure ich aufrichtig, zu spät gekommen zu sein«, sagte Gollberg ganz langsam. Er hatte die Unterlippe vorgeschoben und ließ ein breites Lächeln über Dore gleiten. Nur eine Sekunde lang. Dann wurden seine Mienen wieder undurchdringlich, und er sagte höflich: »So werde ich versuchen, Sie in den Proben auf einzelnes, was mir noch nicht ganz in Ihrem Spiel gefällt, aufmerksam zu machen.« Mit höflicher Verbeugung und freundlichem Lächeln zog er sich zurück.

Als Dore sich diese Szenen wieder zurückrief, schalt sie sich eingebildet und kindisch. Was hatte sie an den freundlichen Worten des Direktors so erschreckt? Aber dann schien es ihr doch wieder, als wäre er heute anders als sonst gewesen. Sie meinte, seinen heißen Atem zu spüren, wenn sie an seinen freundlichen Vorschlag dachte. Doch bald hatte sie den ganzen Vorfall aus den Gedanken geschoben. Sie hatte Froheres zu sinnen. Langsam und ernsthaft rechnete sie auf dem Zifferblatt ihrer kleinen Taschenuhr aus, daß sich der große Zeiger volle achtzehnmal herumgedreht haben mußte, ehe Bergmann wieder durch die braunlackierte Stubentür treten würde.

Mit einem großen Busch loser Blumen kam Dore aus der Probe nach Hause. Sie ordnete sie in einer opalschimmernden Vase, zog sich mit Behagen und viel Sorgfalt ein neues, schönes Kleid an, setzte Teewasser auf und wartete. Die Zeit verging, aber Bergmann kam nicht. Jetzt war es schon eine Stunde über die festgesetzte Zeit, nicht mehr lange, und Dore mußte bald zur Abendvorstellung fort.

Da endlich erklang draußen die Glocke. Dore wäre gern aufgesprungen, um zu öffnen, aber sie hörte schon Frau Klinkerts eilig schlürfende Schritte. Für diese war es ein Ereignis, wenn es klingelte, und die Neugier machte die Faule behende. Schon klopfte es an Dores Tür.

»Eine Dame wünscht Ihnen zu sprechen«, rief Frau Klinkert, und in der geöffneten Tür erschien Käte Anker.

»Sie tuen ja gerade, als sähen Sie ein Gespenst«, sagte Käte Anker scharf und spitzig, während ihr Augen rasch das Zimmer durchflogen. »Ich kam zufällig hier vorbei, da fiel mir ein: wohnt hier nicht die Brandt?, und so komme ich hereingeschneit, um mich ein bißchen zu wärmen. Es ist grimmig kalt draußen.«

Bald saß sie Dore gegenüber, nippte an dem Tee, den Dore für Bergmann bereitet hatte, knabberte Kuchen und sprach erregt und lebhaft alles mögliche kraus durcheinander. Dore fühlte, daß sie nicht gekommen war, um dies zu erzählen. Und plötzlich, ganz unvermittelt rief Käte Anker: »Sie haben ihn erwartet, gestehen Sie es ein, Sie haben ihn erwartet.« Heiße Hände klammerten sich um Dores.

»Wen erwartet?« Dore war erschreckt zusammengezuckt.

»Ihn, Gollberg, wen sonst?«

»Gollberg? Wie kommen Sie darauf?«

»Glauben Sie, ich sehe nicht, wie er Sie mit Blicken verschlingt? Und die Hollwitz hat ihn gestern aus Ihrer Garderobe kommen sehen. O sagen Sie mir die Wahrheit, bitte, bitte!«

»Ich weiß gar nicht, wie Sie auf dergleichen Verdächtigungen kommen können«, antwortete Dore heftig.

»Schwören Sie mir, daß nichts zwischen Ihnen und Gollberg besteht«, schrie die Anker auf und stürzte auf Dore, die sich bis an das Fenster zurückgezogen hatte.

»Gut, ich schwöre es Ihnen«, sagte Dore leise und sah voll Mitleid in das verstörte Gesicht der Fragenden.

Mit befreitem Aufschluchzen warf sich Käte Anker auf einen Stuhl. »O, Sie wissen ja nicht, was ich leide«, schluchzte sie.

»Wie jungfräulich sie ist‹, sagte er mit einem peitschenden Lächeln. Als wenn ich es nicht auch gewesen wäre. Dore, hüten Sie sich, hüten Sie sich, seien Sie nicht so dumm, wie ich es war. Vorher, ja vorher, da ist man die Königin, die Kronen auszuteilen hat, aber nachher, sehr bald nachher, da ist man ein Hund, dem Bettelbissen zugeworfen werden. Was bin ich denn, wenn er mich von sich stößt? Mein bißchen Talent ist verkümmert, weil ich nur für ihn da sein sollte und froh war, wenn ich nicht spielte, damit er den Abend mit keiner anderen verbringen konnte. Ich kann auf der Straße enden. Und was habe ich denn anderes verbrochen, als daß ich ihn liebte und immer noch liebe.« Ihre Stimme war heiser und rauh geworden, und ihr Schluchzen anzuhören, war peinigend.

»Aber Liebe, Gute, beruhigen Sie sich doch«, sagte Dore und beugte sich über die Weinende. »Es sind ja alles Wahngebilde Ihrer Eifersucht.«

»Wahngebilde? O nein«, schrie die Anker von neuem auf. »Glauben Sie, ich weiß nicht, wie oft er mich hintergeht. Aber ich stelle mich blind, blind und taub, um ihn nicht ganz zu verlieren. Ach, die erste Zeit, da sah ich verächtlich auf diese bürgerlich Tugendhaften, die sich so behäbig stolz neben dem legitimen Ehemann in die Parkettsessel niederließen, jetzt beneide ich jede Gans, die mit einem Verlobungsring herumläuft. Ein Hund ist man, ein Hund, ohne Rechte, ohne jede Rechte, der kusch machen muß, wenn er nicht auf die Straße gejagt werden soll.«

»Jetzt hören Sie aber auf, Käte«, rief Dore. »Sie reden ja in Raserei und immer dasselbe im Karussell herum. Kommen Sie mit in das Theater, und lachen Sie den Herrn Gollberg mit frohen Augen an.«

Und Käte Anker folgte gutwillig. Gedrückt und beschämt.

»Niemand sagen«, flüsterte sie auf der Treppe Dore ins Ohr. »Das ist doch selbstverständlich«, antwortete Dore. Sie war wie betäubt von der eben erlebten Szene.

Im Theater fand Dore einen Rohrpostbrief Bergmanns vor. »Sei nicht böse, mein Lieb. Es war mir unmöglich zu kommen. Ich werde nach der Vorstellung vor dem Theater deiner harren.«

Immer wieder hafteten Dores glänzende Augen auf den kleinen Buchstaben, die ›sein Lieb‹ zum Worte bildeten. Als Dore das Theater verließ, fand sie Bergmann, Gollberg, Käte Anker und die Hollwitz plaudernd vor der Tür. Bergmann kam tief grüßend Dore entgegen und sagte: »Wir sind gerade übereingekommen, uns aus dieser grimmigen Kälte in ein Speisehaus zu flüchten. Schließen Sie sich uns vielleicht an, Gnädigste?«

Gollberg zog erstaunt die Augenbrauen hoch, als Dore mit heller Stimme zusagte.

»Auf zu Habel«, rief Grete Hollwitz, die eigentlich von niemand aufgefordert war, aber das große Geschick hatte, sich unversehens aufzudrängen. Besonders, wenn sie Gollbergs habhaft werden konnte. Sie schwärmte für seine ›katholische Kälte‹, wie sie sich auszudrücken pflegte.

Bald saß die kleine Gesellschaft in einem spiegelblinkenden Raum vor einem weißgedeckten, von Glas und Silber glänzenden Tisch. Dore war die Schönste der Tafelrunde. Das goldbraune Kleid aus seidenem Chiffon, welches den weißen Hals freiließ, schmiegte sie, nur durch ein breites, braunes Seidenband in der Taille gehalten, um ihre schlanke Gestalt und stand in herrlicher Farbenwirkung zu dem rotgold schimmernden Haar. Heute Nachmittag, als sie Bergmann erwartete, hatte sie sich zum ersten Male damit geschmückt.

Käte Anker sah in einem einfachen weißen Kleid sehr niedlich aus. Nur ›etwas verkatert‹, wie Gollberg neckte. Dore fühlte den scheuen Blick, den Käte bei diesen Worten zu ihr herüberwarf.

Grete Hollwitz mit dem rosigen Puppengesicht, der über und über garnierten Seidenbluse und der geschnürten Taille stach nicht zum Vorteil von ihren beiden Mitschwestern ab.

»Sie fallen aus dem Rahmen, Hollwitz«, sagte der Direktor Gollberg, der die Blicke von einer zur anderen gehen ließ.

Speisen wurden aufgetragen, goldiger Wein schaukelte sich in den Gläsern und spiegelte Licht und frohe Augen wieder. Die Unterhaltung wurde heiter und ungezwungen. Gollberg saß neben Dore und war freundlich zurückhaltend, ganz wie er früher zu Dore gewesen war.

Die Hollwitz wienerte und berlinerte abwechselnd und glänzte vor Freude, daß sie den anderen Platz neben Gollberg erwischt hatte, Dore sah und hörte eigentlich nur Bergmann, zu dem sie kaum hinüberzusehen wagte. Bergmann war lebhaft und lustig und hatte alle seine förmliche Steifheit abgelegt. Nur Käte Anker war still und warf unruhige Blicke zu Dore.

»Der Bergmann is heut halt gar nit so hochkragisch, amerikanisch wie sonst«, rief die Hollwitz und warf eine Brotkugel über den Tisch.

»Und die Hollwitz gar nicht wienerisch, so gern sie's möchte«, gab Bergmann zurück.

»Hollwitz, warum wollen Sie eigentlich durchaus ableugnen, daß Ihre Wiege am Strand der Spree gestanden hat«, fragte Gollberg im Ton des Inquisitors.

»Ach geht's, Ihr Leut', ich hab' kei' Wieg' g'habt. Strindberg sagt, daß alle Kinderl, die a Wieg' haben, dumme Menschen werden.«

»Na, hören Sie, das ist kein Beweis«, rief Käte Anker, lachend auf den Tisch klopfend. Alle lachten mit.

»Das ist ihr bester Witz seit langem, Käte«, rief Gollberg und trank ihr lächelnd zu, die ihm lächelnd zurücknickte. Sie duzten sich niemals in Gegenwart anderer, obgleich es wohl keinen in ihrer Bekanntschaft gab, der nicht genau wußte, wie die beiden miteinander standen.

Das Gespräch ward eine Zeitlang ernster. Dore hatte eine Stelle aus Hebbels Tagebüchern zitiert, und man sprach von Schaffenden und Nichtschaffenden.

Gollberg meinte, daß jeder künstlerisch echte Schauspieler die vom Dichter geschaffene Gestalt neu bilde und nicht nachschaffe. Dore behauptete, dieselbe Empfindung zu haben, wenn sie auf der Bühne stehe. Bergmann stritt dagegen und führte den Beweis an, daß er selbst auch bei dem größten äußerlichen Beifall nicht den bitteren Geschmack loswürde, daß er die Gedanken eines anderen wiedergegeben habe.

»Der Schauspieler arbeitet mit dem vornehmsten Kunstmaterial, nämlich mit dem Menschen selber«, rief Gollberg. »Der echte Dramatiker steigt und fällt mit dem Schauspieler, in dessen Händen sein Werk liegt. Er ist nichts ohne uns, das ist meine unumstößliche Ansicht.«

An diesem heftigen Hin- und Herreden beteiligte sich Grete Hollwitz nicht. Das waren Sachen, über die sie sich wirklich kein Kopfzerbrechen machte. Sie verzehrte in aller Gemütsruhe eine Portion Kaviar auf kleinen Toastschnitten, die sie eine nach der anderen mit stillem Behagen in den Mund rutschen ließ. Jetzt wurde eine Riesenschüssel voll italienischer Makkaroni für sie aufgetragen. »Makkaroni sind eine herrliche Sache«, bemerkte sie zufrieden, als sie zu essen begann, und endete damit das erhitzte Wortgefecht der andern.

»Denken Sie, Hollwitz, ich habe in Italien die Makkaroni wachsen sehen. Ganze Felder voll«, sagte Gollberg.

»Ach, Sie Glücklicher, wer das auch von sich sagen könnte. O, nach Italien muß ich auch einmal reisen«, seufzte Grete schwärmerisch.

Gollberg versprach ihr, aus Italien Makkaronisamen kommen zu lassen, und Grete war überstolz, daß der ›katholische Kalte‹ ihr ein Geschenk machen wollte. Erst als sie dies am andern Abend stolz ihrem Fritz erzählte, wurde sie aufgeklärt.

»Du bist auch zu dumm, man fühlt sich ordentlich mit blamiert«, brummte Fritz. Gleich nach dem Abendbrot entschuldigte er sich mit Kopfweh, pfiff einer Droschke und fuhr davon.

Jetzt saß Grete hier glücklich und zufrieden und freute sich über die Heiterkeit der anderen, wenn sie auch nicht recht den Grund dazu begriff.

Dore und Bergmann sprachen wenig miteinander, aber wenn sich ihre Augen begegneten, grüßten sie sich in süßer Heimlichkeit.

»In zehn Tagen haben wir Weihnachten«, sagte Gollberg plötzlich, ganz aus der Stimmung fallend. »Wenn man jetzt durch die Straßen geht, trauert man, kein Kind sein eigen zu nennen. Ich habe mich in diesen Tagen ernstlich mit Heiratsplänen beschäftigt.« Er sah während dieser Rede unverwandt auf Dore.

»Sie gäben einen netten Ehemann«, rief die Anker laut lachend mit angstvoll stieren Augen.

»Na, ich wünsch' mir trotz Weihnachten kein Kind, Direktorchen«, rief die Hollwitz, die offenbar einen kleinen Schwips weg hatte, und patschte auf die fleischige Hand Gollbergs.

»Ich glaube, es ist Zeit zum Aufbrechen«, bemerkte Gollberg ruhig und winkte dem Kellner.

»Gestatten Sie, daß ich Sie zu Ihrem Hause begleite, Fräulein Brandt?« fragte Bergmann mit leichter Verbeugung herüber.

»Immer korrekt, Bergmann. Und ich, wie komme ich heimwärts, Ihr Leut'?« kicherte die Hollwitz.

»Wir werden Sie in eine Droschke setzen, Teuerste«, sagte Gollberg. »Sie wissen hoffentlich noch Ihre Adresse.«

»Denken Sie vielleicht, ich hab' einen Schwips? Dös kommt nicht vor bei mir«, gluckste die Holllwitz und stolperte, den Portier des Restaurants tief grüßend, auf die Straße hinaus.

Ein rasches Händeschütteln in der Kälte und schon rasselten Dore und Bergmann im Automobil durch das Brandenburger Tor in den weiß glitzernden Tiergarten hinein.

»Du kommst noch einen Augenblick hinauf zu mir, nicht wahr, mein Lieb? Wir haben ja heut noch gar nichts voneinander gehabt«, flüsterte Bergmann, Dores feine Hände streichelnd und küssend. –

»Hier wohnst du also«, sagte Dore und sah sich mit feierlichen Augen in Bergmanns behaglichem Zimmer um. Eine kleine Ampel erhellte es matt und warf ihr Licht über den weichen, dunkelroten Teppich, über den mit Photographien bedeckten Schreibtisch, über die Wände, an denen im Halbdunkel verschwimmende Bilder zwischen Pfeifen aller Größen, zwischen leeren Sektflaschen und Rapieren über einem niedrigen Bücherregal hingen, das paneelartig um das ganze Zimmer ging.

»Komm, meine Königin, setze dich dort in den Schaukelstuhl und erzähle mir ein Märchen«, rief Bergmann.

»Nenn' mich nicht Königin«, sagte Dore und sah Käte Ankers verweintes Gesicht vor sich.

»Nun denn, Märchenfee, erzähle.«

»Ach pfui, Märchenfee.«

»Also, wie soll ich sagen?«

»Dore.«

50

»Nun denn, meine Dore, mein Lieb, mein Weib, mein Kind, mein Alles«, flüsterte Bergmann und riß sie in seine Arme. –

Der Morgen dämmerte, als Dore an Bergmanns Hand durch die menschenleeren Straßen ihrem Haus zuschritt. Erst als sie vor dem hohen Gebäude standen, das schwarz mit dunkeln Fenstern in den tagenden Himmel ragte, gab Bergmann Dores Hand frei.

»Nun kann uns nichts mehr trennen«, flüsterte er und drückte einen leisen Kuß auf Dores Stirn.

Wie im Traum huschte Dore die Treppen hinauf und kam ungesehen in ihr kleines Mädchenzimmer. Mit fremden Augen sah sie sich in dem ausgekühlten Raum um, in welchem das Morgengrauen durch das unverhüllte Fenster drang und einen fahlen Schein über den Tisch mit den vielen Blumen und über das weiß aus der Ecke schimmernde Bett warf.

Leben und Liebe schlossen ihre starken Arme um Dore. Die Tage rasten hintereinander wie zuckende Blitze. Flammend, golden und schon vorüber, ehe man ihrer bewußt ward. Nun gab es keine leere, trauernde Stunde mehr.

Jeden Nachmittag wanderte Dore auf den gefrorenen Wegen des Tiergartens, Blumen im Arm, zu Bergmanns Wohnung. Die Wege wimmelten von lebhaft schwatzenden Schlittschuhläufern, die von oder nach der Eisbahn des Tiergartens eilten. Kinder schlitterten unter lachendem Gekreisch über gefrorene Pfützen, und von dem Neuen See her mischte sich das schmetternde Spiel der Militärkapellen in den frohen Lärm.

Es sah sich mancher nach Dore um, die, ein glückliches Lächeln um den Mund, leichten Schrittes vorwärts eilte. Früher hatte Dore diesen Weg gemieden, aus Furcht, jemand aus ihrer Familie begegnen zu können.

Jetzt dachte sie gar nicht mehr daran. Wenn sie dann in die stille Straße am Kurfürstendamm einbog, leuchteten ihr schon die Fenster von Bergmanns Wohnung entgegen, und sie glaubte, die Gardine, hinter welcher Bergmann wartend stand, sich bewegen zu sehen.

Jedesmal sagte er: »Du kommst so spät, mein Lieb', und lachend versicherte Dore, daß sie ja viel zu früh käme und sich sogar bemüht habe, die eiligen Schritte zu verzögern.

»Als wenn du je zu früh kommen könntest, böses, dummes Mädel«, sagte Bergmann, mit den Blumen, die sie ihm in die Hand gedrückt hatte, leicht nach ihr schlagend.

Dann saß Dore im Schaukelstuhl, horchte auf Bergmanns Erlebnisse am heutigen Tage und mußte selbst berichten.

»Hat dich der Werkenthin wieder gequält, mein Kind?« Bergmann begann täuschend die quarrende Stimme Werkenthins, begleitet von wütenden, heftigen Gesten, nachzuahmen.

Dore jubelte vor Lachen, ließ den Schaukelstuhl in rasender Fahrt galoppieren, klatschte vor Freude in die Hände und rief wie ein Kind immer wieder: »Noch einmal, noch einmal.«

Dann versuchte Bergmann, Gollberg zu imitieren. Aber das wollte Dore nicht. »Laß nur gut sein, das ist ein feiner Kerl, ein Künstler durch und durch.«

»Und ein spekulierender Egoist.«

»Ein Egoist natürlich. Er hat eben auch die Fehler einer starken Persönlichkeit.«

»Du verteidigst ihn ja sehr heiß.«

Bergmann, der sich über seine eigenen Gefühle niemals Rechenschaft gab, sondern Laune und Augenblick regieren ließ, wachte über die Gedanken der Geliebten voll Eifersucht.

»Du verteidigst ihn ja sehr heiß«, wiederholte er.

»Du kannst wohl gar eifersüchtig sein?« Dore flog auf und ab im Schaukelstuhl und blickte mit glücklichem Lächeln zu Bergmann hinüber.

»Sehr eifersüchtig sogar.«

Dore hielt mit einem Ruck den Schaukelstuhl an.

»Weißt du, wenn man dich so im Caféhaus sitzen sieht, hochkragisch, wie die Hollwitz gar nicht dumm sagt, so kann man gar nicht glauben, daß du so übermütig sein kannst, oder gar so – so – so – sehr zärtlich und gar auch eifersüchtig.«

»Ja, siehst du, Kind. Man hat eben einen äußeren und einen inneren Menschen. Der eine tut manierlich, weiß sich zu benehmen, ißt Fisch nicht mit dem Messer, nimmt Geflügel nicht in die Hand, gräbt sich nicht in der Nase und kratzt sich nicht, wenn's noch so juckt. Den anderen aber, den ertappt man sehr oft bei dem Gegenteil. Das ist ein wankelmütiger Kerl, der das Essen frißt, wo er's zu packen kriegt, der nicht einmal reine Finger hat. Ganz selten, daß er dem Äußeren keine Unehre macht, wie zum Beispiel jetzt, wo er wild und gut seine Dore liebt.«

Bergmann holte sich Dore mit rauher Bewegung auf seinen Schoß.

»Nun magst du mich wohl gar nicht mehr, Doretting? Denn du bist durch und durch ein braver Kerl.« Er streichelte Dores Haar und versuchte, ihr in die Augen zu sehen.

»Warum zeigst du dich nicht so rücksichtslos wie du bist? Du hast doch nach niemand zu fragen«, sagte Dore.

»Jetzt nein. Aber als Kind, mein Liebling, als ich als trauerndes Kind herumgestoßen wurde, da sollte ich durchaus ein Tugendbold sein. Nun und in den Rüpeljahren trieft man eben nicht vor Bravheit, und so erfand ich meine Vexiermoral, die mir allmählich in Fleisch und Blut überging. So wurde ich der eklige Kerl, der innen zu dreckig und außen zu sauber ist und darum wankelmütig, halb und charakterlos ist.«

Dore strich, als wollte sie seine Worte mildern, leise über Bergmanns Stirn. Sie sprach nichts und sah mit ernsten Augen geradeaus.

»Was denkst du nun?« sagte Bergmann leise.

Dore schüttelte den Kopf. »Ach nichts – ich denke, ich dachte – was eine Mutter einem Kinde zu sein vermag.«

Darauf sprang sie rasch auf und bat: »Komm, geh', ehe wir in das Theater müssen, ein wenig spazieren mit mir. Durch die weihnachtlichen Straßen.«

»In dieser grimmigen Kälte?«

»Gut, wenn ich heute Abend wieder vor dem Theater warten darf«, flüsterte Bergmann in Dores Ohr.

Dore senkte glühend und errötend den Kopf. –

Arm in Arm gingen sie durch die hellerleuchteten lärmenden Straßen. Von einem zum andern flutete das warme Bewußtsein der Zusammengehörigkeit, und schweigend schritten sie zwischen den Stumpfen und Glücklichen, Erregten und Sinnenden, Verzagenden und Hoffenden, die an ihnen vorübereilten, geradeaus ihres Weges. –

Zwei Tage vor Weihnachten spielte man Maria Magdalene. Hebbel, der Große, war immer noch ein Literaturbonbon für Feinschmecker, keine Speise für das große Publikum, darum mußte man ihn in den Weihnachtsspielplan setzen, denn in den Feiertagen gab es ausverkaufte Häuser.

»Da konnte man sogar etwas Gutes geben«, wie Direktor Gollberg mit seinem ›katholischen‹ Grinsen zu seinen Intimen bemerkte.

Bergmann hatte Dore bis zum Theater begleitet und saß nun als einer der Ersten im Parkett. Draußen durchbrauste der Weihnachtslärm die Straßen, und der matt erleuchtete Theaterraum, in welchen das Publikum leise sprechend durch die schmalen Seitentüren spärlich hereinsickerte, wirkte doppelt still, fast feierlich.

Bergmann, tief in dem bequemen Sessel versunken, hing seinen Gedanken nach. Er dachte an Dore. Ihr war es wirklich gelungen, ihn vom Spieltisch fernzuhalten, ohne daß sie mit einer Miene oder gar einem Wort an das erinnert hatte, was er ihr in jener Dämmerstunde erzählt hatte. Wie lieb sie ihm war, wie lieb. Er fühlte eine schmerzhafte Beklemmung, als er denken mußte, wann wohl das Schicksal ihn in einer seiner Launen von Dore fortreißen würde. Er wußte, und vielleicht wollte er es im Grunde gar nicht anders, eines Tages, ganz plötzlich kam die Trennung. Irgend etwas an einer anderen Frauenerscheinung, ein Lächeln, eine Bewegung hatte ihn aufmerksam gemacht, hatte ihn angezogen, gebannt, und in einem Augenblick war alles ausgelöscht, was vorher gewesen war.

Aber heute mochte er an kein Ende denken. Eine heiße Sehnsucht, Dore zu sehen, ihre Stimme zu hören, befiel ihn plötzlich, und er wartete mit quälender Ungeduld auf das den Beginn verkündende Klingelzeichen. Endlich rauschte der schwere Vorhang langsam auseinander, die große Tragödie in dem Rahmen einer Tischlerwerkstatt lebte auf und krallte sich dem Zuhörer in das Herz.

Mit Staunen, mit Neid, mit Beschämung und Bewunderung folgte Bergmann Dores Spiel. Er fühlte es, wie die ganze schweigende Zuhörerschaft, der Zynismus in den Ranglogen, wie die Jugendbegeisterung hoch oben im dritten Stockwerk gebannt war von einer stolzen Weiblichkeit, von einer wilden Leidenschaft, die echtes Künstlertum im Zügel hielt und die von einer Stimme in sie hineingetragen wurde, die Musik zu sein schien. Große Kunst sprach aus einem unverbrauchten Menschen. Bergmann erschien sich selbst widerlich und abstoßend, ganz unwert Dores Liebe.

Nun stand er draußen und wartete auf Dore am Bühnenausgang. Es währte nicht lange, bis er sie mit schnellen Schritten den schmalen Gang zur Tür hinabkommen sah. Sie sah bleich und schmal, fast unscheinbar aus. Schweigend hing sie sich in seinen Arm und zog ihn mit sich fort.

»Wie gut, daß es vorüber ist«, flüsterte sie. »Ich bin so müde, komm, bring' mich rasch nach Hause und bleib noch ein wenig bei mir.«

»Ja, kleine Dore, du wirst bald eine große Dore sein«, sagte Bergmann, nachdem er eine Weile wortlos dahingegangen war.

»Glaubst du, daß es gut war?« fragte sie leise und sah ihn zaghaft von der Seite an.

»Was fragst du mich Sachen, die du doch selbst viel besser weißt«, sagte er rauh und zog seinen Arm aus Dores.

Sie sah erschreckt zu ihm auf. Aber sie war seelisch und körperlich müde und antwortete nichts.

»Leb' wohl, mein Kind«, sagte Bergmann vor Dores Haustür.

»Kommst du nicht mit hinauf? Du warst seit damals nicht wieder bei mir.«

»Nein, mein Herz, deine Frau Klinkert hat Filzschuhe, das – geniert mich.«

»Hast du denn immer Nebengedanken? Wie bist du nur heute?« Dore war grenzenlos matt, es kostete sie Anstrengung, nicht in Tränen auszubrechen. Sie eilte rasch ins Haus.

Auf dem ersten Treppenabsatz blieb sie stehen und lauschte. Sollte Bergmann wirklich so fortgegangen sein? Niemand kam. Aber draußen hallten feste, sich entfernende Schritte auf dem gefrorenen Pflaster.

Heiße Tränen schossen in ihre Augen. Lange, lange stand sie weinend im Dunkel der Treppe und lauschte auf Schritte, von denen sie selbst nicht mehr glaubte, daß sie kommen würden. Dann schlich sie wie eine Bettlerin die vielen Stufen herauf und in ihr Zimmer.

Während auf den Tischen der Redaktionen eilige Federn einen neuen Bühnenstern aufgehen ließen, weinte ein kleines Mädchen in schlafloser Nacht die stillen Tränen eines gekränkten Herzens.

Bergmann aber saß, freudig als ›Heimgekehrter‹ begrüßt, am Spieltisch und verlor, sinnlos betrunken, bei jeder Runde.

»Zu viel Glück in der Liebe«, witzelte der dünne, stets mit einem Frack behangene Baron, der auf seinen geschichtlichen Adelsnamen hin ein sehr erfolgreicher Sektagent war.

»Na, ich glaube, es hat sich ausjebrannt«, meckerte der fette Schauspieler, dessen Namen kein Theaterzettel meldete, und der selbst erzählte, daß er, wenn es heiß ist, in der Provinz den König Philipp spielen darf.

Bergmann hörte von all dem Geschwätz nichts. Er stierte mit gläsernen Augen auf die Karten und goß ein Glas nach dem andern durch die brennende Kehle.

Den Tag darauf verschlief er. Er lag in seinem verdunkelten Zimmer, und wenn der bleierne Schlaf sich ein wenig hob, peinigten ihn stechende, quälende Gedanken, die er nicht weiter denken wollte, und gewaltsam zwang er sich in einen dumpfen Halbschlaf hinein.

Laute Polterschläge rüttelten ihn auf. Er hob den Kopf und hörte Männerstimmen seinen Namen rufen. Er tappte zur Tür und rief verdrossen: »Was ist denn los, wer ist denn da?«

»Ja, um Himmels willen, Bergmann, sind sie verrückt? Es ist 1/2 8 und Sie sind ohne Absage nicht im

Theater«, hörte er die Stimme des Dramaturgen und Inspizienten ängstlich durcheinander schreien.

»Halb acht? Macht doch keinen Unsinn, Kinder!« Er öffnete verschlafen die Tür und ragte im langen, weißen Leinenhemd wie ein Gespenst vor den rasch Hereinstürmenden aus dem dunklen Zimmer heraus.

Der Inspizient begann zu lachen.

»Lachen Sie nicht«, schrie der Dramaturg, denn er wußte, daß er seine Stellung los war, wenn heute, wo er den Direktor zu vertreten hatte, die Aufführung nicht stattfinden konnte, weil der Hauptdarsteller nicht zur Stelle war.

»Fix in die Kleider, marsch, marsch, das Automobil steht vor der Tür«, er leistete die intimsten Kammerdienerdienste und sprang und holte und bückte und drehte sich.

Fünfzehn Minuten später stand Bergmann, allerdings ungeschminkt, auf der Bühne und sprach die ersten Worte seiner Rolle.

Hinter den Kulissen saß der Dramaturg schweißtriefend auf dem Stuhl, der für den wachthabenden Feuerwehrmann bestimmt war und lauschte schwer atmend auf Bergmanns ruhige Stimme.

Gott sei Dank, die Gefahr schien vorüber zu sein. Er holte ein Taschentuch hervor und begann mit großer Gründlichkeit, sich den Schweiß abzutrocknen, Er trocknete Haar und Ohren, lüftete den Kragen und ließ das Taschentuch mehrere Male unter ihm Karussell fahren, er knöpfte das Vorhemd ab, das so täuschend ein elegantes Oberhemd zu markieren wußte – alles zu großer Freude des nebenstehenden Feuerwehrmannes, der, das behelmte Haupt auf die linke Seite geneigt, jede seiner Bewegungen mit festem Blick verfolgte. –

Schon der frische Luftzug, der durch das vorwärts sausende Automobil strich, hatte Bergmann wieder zu sich selbst gebracht. Er hatte seinen kühlen Hochmut wiedergefunden, und es war ihm gelungen, mit einigen ironischen Bemerkungen die Lächerlichkeit der eben erlebten Hemdszene zu verwischen. Als er dann auf der Bühne stand, seine Rolle ihn packte, und das Blut heiß durch seine Adern zu rinnen begann, erfaßte ihn wieder Lebensmut und Lebenslust. In der Pause scherzte er mit den Kollegen, alles sprach vom morgigen freien Weihnachtsabend, und eine warme Welle durchflutete ihm das Herz, wenn er dabei an Dore dachte.

Gleich nach der Vorstellung stürmte er nach dem Theater, wo Dore spielte.

Kurz vor dem Ziel überfiel ihn plötzlich eine atemstockende Einbildung. Er sah ein dickes Knäuel Menschen sich vor brennend roten Plakaten drängen, die verkündeten, daß die Vorstellung ausfallen mußte, weil Dore krank – tot war.

Aber das Theater lag still und ruhig im Schein der großen Bogenlampen. Auf dem menschenleeren Platz davor scharrten die geduldigen Droschkenpferde, deren Herren sich noch drüben in der Kneipe wärmten, und in der Eingangshalle umkreisten nur ein paar wartende Ehemänner und einige mit Garderobe beladene, livrierte Diener mit hallenden, wärmeholenden Schritten den mürrisch und müde dreinschauenden Portier.

Endlich hörte man oben Türklappen und Stimmengewirr. Bergmann eilte zum Bühnenausgang. Da kam Dore, schnell und still wie gestern.

Ein strahlendes, rührendes Lächeln huschte über ihr blasses, verweintes Gesicht, als sie Bergmann erblickte.

»Nicht böse sein«, flüsterte Bergmann ängstlich dringend, und Dore schüttelte den Kopf und schmiegte ihn einen Augenblick lang an seine Schulter. Nichts erfuhr er von der verweinten Nacht und dem endlos langen Tag, an dem sie gewartet und gewartet hatte, bei jedem

Schritt, bei jedem Klingelzeichen zusammenzuckend, sich nicht fortwagend aus Furcht, den so sehnsüchtig Erwarteten verfehlen zu können. Bis der schwarze Abend kam, und sie in das Theater mußte mit der leisen Hoffnung im Herzen, dort vielleicht Nachricht zu finden. –

Als sie jetzt in einem hellen, warmen Raum, inmitten schwatzender Menschen Bergmann an einem gläserglitzenden Tisch gegenüber saß, hatte sie dasselbe Empfinden, wie oft als Kind, wenn sie nach einer beschämenden Schelte und Strafe wieder am Tisch sitzen durfte. Sie fühlte ein dumpfes Brausen im Kopf, ein schmerzendes Brennen im Halse und mußte ängstlich darauf bedacht sein, die letzten großen Schluchzer, die noch im Innern saßen, zurückzuhalten. So saß sie blaß und still da, als Bergmann herzlich und liebevoll von seinem Eindruck am gestrigen Abend sprach.

»Übrigens, was sagen denn die Zeitungen?« unterbrach er sich plötzlich.

»Ich weiß es nicht«, sagte Dore und wurde dunkelrot. Nun würde er doch den verwarteten Tag ahnen. »Hast du etwas gelesen?« fragte sie.

»Nein, auch nicht.« Er sah beiseite. »Aber wir gehen gleich nach dem Essen in ein Café und lesen, ja?« Er blickte ihr gut und bittend in die Augen.

Dore nickte, langsam wich die Erstarrung von ihr, der Wein durchwärmte sie und mit frohem Schreck ward ihr plötzlich bewußt, daß nichts geschehen war, daß Bergmann hier im fröhlichen Lichterzimmer ihr gegenüber saß, gut zu ihr war und sie lieb hatte. Und mit einem Male erinnerte sie sich auch der Glückwünsche des Direktors und der Kollegen zum gestrigen Abend.

Sie wurde heiter und übermütig und entwarf Pläne für den morgigen Abend. Eine große Tanne wollte sie kaufen und mit Lichtern bestecken, Mohnpillen, Punsch und Pfannkuchen mußten sie haben und ein richtiges Berliner Weihnachtsfest feiern.

Hier und da sie mit einer Neckerei unterbrechend, hörte Bergmann mit zärtlichem Blick der eifrig Plaudernden zu.

Sie waren wie Verliebte, die zum erstenmal allein miteinander sprachen, zufrieden in dem scheuen Glück, des andern Lächeln zu sehen und seiner Stimme zu lauschen.

Sie gingen zu Fuß durch den eisbeschlagenen Tiergarten, der vom Mond erhellt wie der Glaswald aus dem Märchen glitzerte.

»Nun haben wir ja gar keine Kritiken gelesen«, rief Bergmann, als sie schon lange über den Schneeteppich geschritten waren.

»Ach, wenn ich nur dir gefallen habe, was kümmern mich die andern.« Dore lachte wie ein übermütiges Kind und warf einen Schneeball nach Bergmanns feierlichem Zylinder, den vor einigen Stunden der ängstliche Dramaturg blindlings ergriffen und ihn Bergmann mit zitternden Händen aufs Haupt gestülpt hatte, als er ihn holen kam.

»Also morgen großes Weihnachtsfest mit Lichterglanz und Pfannkuchen«, sagte Bergmann zum Abschied, und als er gegangen war, schlüpfte Dore noch einmal aus der Haustür und schleuderte ihm einen Schneeball nach.

»Schämst du dich nicht, große Tragödin der Zukunft«, rief Bergmann und warf einen großen Schneeklumpen zurück, der aber nur noch die sich schließenden Haustür traf. –

Hell strahlte der Weihnachtsbaum in Dores Zimmer und Dore lief geschäftig hin und her, um den Tisch für das »Festmahl« zu decken.

Bergmann blätterte in der neuen, geschmackvollen Goetheausgabe, die er von Dore als Weihnachtsgabe erhalten hatte. »Nun, junge Hausfrau, kann das Mahl beginnen?« fragte er aufsehend.

»Sofort, mein Herr«, rief Dore zur Antwort.

Als sie jetzt an Bergmann vorbeieilen wollte, um die kleinen, roten Lichtmanschetten vom Schreibtisch zu holen, fing Bergmann sie auf und zog sie auf seine Knie.

»Sag', Dorelieb, du hast wohl oft gedacht, daß ich einmal von der Ehe zu dir sprechen müßte? Wie? Glaub' mir, Dore, ich hab' dich lieb, ich hab' dich lieb, ich hab' dich lieb. Aber ein Ehemann kann ich nicht werden. Ich paß' nicht dazu. Ich muß frei sein. Ich würde mich stets beaufsichtigt, beobachtet fühlen in meiner ganzen, abscheulichen Unharmonie. Ich würde bald dich und mich hassen, ich würde...«

Dore hielt ihm den Mund zu.

»Schweige, schweig«, flüsterte sie. »Ich habe vor allem nur gehört, daß du mich lieb hast. Ich will gar nichts anderes. Deine Liebe und ein wenig Aufwärts auf meinem Wege. Warum sollte ich mir die Ehe wünschen? Weil ihr Männer dies von jedem Mädchen glaubt? Was ich von der Ehe sah, konnte nicht Sehnsucht nach ihr erwecken. Meiner Mutter wanden die Jahre den Brautkranz zur Dornenkrone. Ich glaube, es ist beinahe das Los aller Myrtenkränze. Die feinen Frauen verweinen es schweigend in heimlichen Tränen, die andern rächen sich durch Bosheit und Tücke und wieder andere versuchen unter lügendem Lächeln außerhalb des Dornenkreises Blumen der Liebe zu pflücken.«

»Ich will nichts weiter, als daß du mich liebst«, sprang sie ganz unvermittelt ab und umhalste ihn, bis sie von seinem Schoß hinunterglitt, um weiter die Festtafel zu ordnen. –

In den wenigen Tagen, die dieses Jahr, das sie zusammengeführt hatte, noch zu vergeben hatte, sahen sich Dore und Bergmann nur flüchtig. Sie spielten jeden Nachmittag und Abend und konnten sich nur zwischen den Vorstellungen im Caféhaus im Kreis der anderen sehen.

»Ja«, stöhnte Ingler, nachdem er ein Glas Benediktiner mit Genuß über die Zunge hatte laufen lassen, »jeder Hausknecht kriegt von Gesetzes wegen Sonntagsruhe, nur wir Bajazzi müssen weiter hopsen.«

Dore lächelte zufrieden. Sie hörte ein ›ich hab' dich lieb‹ im Ohr summen und ihr war es mehr wie recht, zweimal des Tages auf der Bühne stehen zu dürfen.

»Ich brauch' die Bühne wie der Vogel die Luft und der Fisch das Wasser«, sagte sie zu dem entrüsteten Ingler, der sie brummend ›ein ahnungsloses Kiekindiewelt‹ nannte. –

An einem Feiertag kam Mara Scholler am Vormittag zu Dore, um sich für die Weihnachtsgaben zu bedanken, die Dore ihr und ihrer Mutter gesandt hatte.

»Nein, Dore, das war zuviel, Mutter läßt dir tausendmal danken, und schickt dir hier einen selbstgebackenen Napfkuchen. Aber nun komm rasch ein wenig mit mir spazieren. Ich muß dir etwas Wichtiges erzählen. Du hast doch Zeit, ja?«

Draußen in der Wintersonne erzählte Mara errötend, umständlich, sich überhaspelnd, daß sie Hans Jägers Braut geworden war.

»Denke dir, er hat einen Redaktionsposten mit vierhundert Mark monatlich erhalten, und Mutter zieht zu uns. Ja, siehst du, von der Bühne gehe ich natürlich fort. Hans sagt, nur wenn seine Frau eine ungewöhnliche Begabung hätte, würde er dulden, daß sie Schauspielerin sei. Na, die habe ich nicht, das weißt du selbst. Seit Wochen hatte ich nichts im Theater zu suchen und viele Rollen, wo es nur auf lange Beine ankommt, wird es wohl doch nicht geben. Meinst du nicht auch, Dore?«

»Wenn dir der Abschied so leicht fällt, ist es gewiß das Rechte«, sagte Dore stockend.

»Kannst du dir dies nicht denken, Dore?«

»Nein, Mara, du warst doch sonst so keck und lebenslustig. Nun läßt du Jäger ganz dein Schicksal bestimmen?«

»Sie ist neidisch, wer hätte das von der entzückenden Dore gedacht«, fuhr es Mara durch den Sinn.

»Du hast mir noch kein glückwünschendes Wort gesagt«, schmollte sie.

»Du hast mich doch noch gar nicht dazu kommen lassen«, lachte Dore. »Was soll ich dir sagen? Daß ich dir von ganzem Herzen Gutes wünsche, ist doch selbstverständlich«, fügte sie ernst hinzu.

»Und du – würdest du nicht denselben Schritt tun? Man spricht von Bergmann und dir...«

»Laß sein, Mara«, unterbrach Dore hastig. »Wir müssen uns schon jeder selbst den Weg suchen, den wir gehen wollen oder müssen.«

An der nächsten Straßenecke verabschiedeten sie sich.

»Grüße Hans Jäger, ich gratuliere ihm zu seiner Braut.« Dore wollte Mara zum Abschied etwas Liebes sagen. Dann ging sie rasch davon. Sie ging zu Fuß zur Nachmittagsvorstellung in das Theater. Die Sonne stand im Mittag und wärmte von dem blaßblauen Winterhimmel wohlig und lind. Dores Gedanken waren bei Mara. Das Glück der Freundin schien ihr unbedeutend und glanzlos. Sie fühlte etwas wie Schmerz, daß Maras frischem Jugendmut schon ein Ziel gesteckt war. Viele hoffnungsgeschwellte Aussprüche Maras fielen ihr ein. Sollte sie wirklich ganz gleichmütig einen Strich unter das ganze Streben ihrer Jugend ziehen?

Dore kam zu früh ins Theater und so setzte sie sich hin und schrieb einen langen, herzlichen Brief an Mara. Der Brief endete: »Die Liebe ist für uns Frauen Leben oder Tod, aber wir sollten immer so viel Verstand und Ehrgefühl behalten, dies den Männern nicht zu verraten. Ein schweres Rezept für eine Braut, nicht wahr? Ach, glaube mir, Mara, für eine jede von uns.« –

Dores Erfolg in Maria Magdalene war ein sehr großer gewesen. Der Direktor, der Käte Anker jetzt zum Staunen seiner Umgebung mit der vierschrötigen Tochter der Souffleuse betrog, die, tumb und plump, kaum selber begriff, wie sie zu dieser Ehre kam, schien längst vergessen zu haben, daß er einmal in einer guten Laune auch Dore begehrt hatte. Er sah in ihr nur die große Begabung, die künftige Zugkraft seines Theaters. Er war stolz auf sie. Er begegnete ihr mit ehrerbietiger, bestrickender Liebenswürdigkeit und sagte ihr, wie ganz etwas Selbstverständliches, daß sie die tragende Rolle in dem neuen Werke des geachtetsten deutschen Dichters spielen sollte. Ein Gefühl von jubelndem Glück, von brausender Jugend und Tatkraft erfüllte Dore so stark, daß es sich jedem mitteilte, der mit ihr in Berührung kam. Ein Strom von Heiterkeit und Freude ging von ihr aus und riß unwiderstehlich mit sich.

Das übermütige Künstlerfest, an dem sie am letzten Tage des Jahres an Bergmanns Seite teilnahm, wurde geradezu ein Triumph für sie. Alles huldigte ihrer Jugend und Schönheit, über der der Schein des jungen Ruhmes als Krone schimmerte.

Und Dore versank in einem Rausch von Luft und Siegestrunkenheit, sie war bis zur Tollheit übermütig, weil Bergmann es sah, wie man sie als Weib feierte und ehrte.

Nur einen Augenblick hemmte sich die Heiterkeit in dem lärmenden Saal. Das war, als der erste, schwere

Glockenton das neue Jahr verkündete. Er rief in jedem Herzen den Widerhall von etwas, was nur dieses Herz allein kannte, allein besessen und vielleicht längst vergessen glaubte.

Dore blickte geraden Blickes über alle hinweg, das schäumende Glas in der weißen, blaugeaderten Hand.

Da trat Bergmann zu ihr und ließ sein Glas an dem ihren erklingen: »Mein Liebling, du, viel Glück im neuen Jahr«, sprach er mit fester Stimme und sah ihr in die lieben Augen, die feucht erglänzten.

Das klare, weiße Wetter hielt auch im neuen Jahre an. Der leuchtende Schneeschmuck, die glitzernden Eiszapfen, die sich keck an jedes Ding hingen, das ungewohnte Schellengeläut der Schlitten brachten einen Ton der Freude in das Arbeitsgetriebe der großen Stadt.

Dem trostlosen Elend, das sich jetzt in den Wärmehallen dumpf zusammenduckte, konnte zwar diese kalte Sonne keinen Trost geben, aber so manchem Auge, das nicht von Elend oder Unglück getrübt war, schien es jetzt, als läge ein Lächeln über der Stadt.

In der Friedrichstraße brauste das lärmende, den Genuß suchende Leben um Mitternacht wie um Mittag, und die ganze Nacht hindurch durchquerten den weißen Tiergartenwald Schlitten, Wagen und Automobile, die in eiliger Fahrt die pelzverbrämten Bewohner der westlichen Stadt heimwärts oder zu neuen Vergnügungen trugen.

Zum erstenmal wurde auch Dore in das leichte Treiben der eleganten Welt gezogen.

Seit die Zeitungen mitgeteilt hatten, daß Dore die Hauptfigur in dem mit Spannung erwarteten Werke des großen Dichters gestalten sollte, war man neugierig auf sie geworden.

Gibt es doch in Berlin viele Salons, in denen man überstolz ist, wenn man in den Sternenkreis der Kaufmannschaft und Börse die Träger des zweierlei Tuch oder die auserlesenen Vertreter der Kunst, gleichsam als gesellschaftliche Leckerbissen, setzen konnte.

Ingler war in diesen Kreisen zu Hause und von vielen Seiten hatte man ihn gebeten, die junge Dore Brandt einzuführen.

Als Ernst Bergmann von Dore davon erfuhr, rief er eifrig: »Aber natürlich gehst du, wenn sie dich bitten. Das gehört einfach dazu, mein Kind. Jetzt wird aus deiner Kemenate bei der Witwe Klinkert hinausgesteuert in das Leben. Lustig darauf los. Je mehr hebräische Salons du als schöne Brandt durchschwebst, desto besser. Das ist der Anfang, um seinen unbekannten Namen zum geflügelten Wort zu machen.«

Da Bergmann in dieser Zeit jeden Abend auf der Bühne tätig sein mußte, geschah es wirklich, daß Dore manchen Abend fremd bei fremden Leuten zu Tische saß. Im weißen Seidenkleid, dessen einziger Schmuck die edlen Linien waren, die ihr schmiegsamer Körper in den weichenden, wallenden Stoff zeichnete, das leuchtende Haar als Krone aufgesteckt, im Herzen ihr heimliches Liebesglück und im Kopf die Gedanken bei des teuren Dichters neuem Werk, beobachtete sie in froher Neugier den neuen Kreis.

Welch ein Unterschied zwischen diesen üppigen Festlichkeiten und jenen Luxus vortäuschenden ›Abfütterungen‹ bei den Regimentskameraden oder Vorgesetzten ihres Vaters, die sie mit ihren Eltern hatte besuchen müssen.

Sie sah auf das tiefdekolletierte, hermelinbesetzte Samtkleid der Hausfrau und verglich es mit dem schwarzen, dünnseidenen, hoch oben am Halse mit der perlenumfaßten ›Familienbrosche‹ geschlossenen

Fähnchen, das ihre Mutter bei solchen Gelegenheiten ängstlich hütend getragen hatte.

Zugleich bemerkte sie mit Verwunderung, daß man es ihr hier hoch anrechnete, daß sie aus Offizierskreisen stammte.

Und doch, außer der größeren Üppigkeit und der größeren Freiheit im Ton der Unterhaltung war der Unterschied zwischen den beiden Kreisen kein bedeutender. Im Grunde waren es dieselben Menschenarten, hier wie dort. Da saßen die gutmütig Harmlosen neben den berechnenden Strebern, in der Ehe Betrogene und Betrügende plauderten lächelnd miteinander, heiratslustige Mütter und Töchter bewegten sich in unruhiger Heiterkeit, und zwischen ihnen schwieg murrend die unzufriedene Jugend, die Söhne und Töchter, deren geheime Wünsche weit über das Elternhaus hinausgingen.

In den Gesellschaftskreisen ihrer Eltern hatte sich Dore als verirrte Fremde gefühlt. Hier in den eleganten Salons, die ein Bruno Paul, ein van de Velde entworfen hatte, feierte man sie.

Die älteren Herren in den weitausgeschnittenen Westen mit den großen diamantenen oder perlenen Knöpfen über dem Embonpoint sagten ihr die ausgesuchtesten Schmeicheleien. Ihre schmuckbehangenen Gattinnen musterten, während sie überaus liebenswürdig und verständnislos über das Theater und die Dichtkunst sprachen, scharf und genau Dores Haartracht sowie den einfachen Schnitt ihres Kleides.

»Denn die Personen haben es nun mal raus, wie man sich kleidet, um zu gefallen. Es ist ihnen geradezu angeboren«, hörte sie hinter einem großen Straußenfächer flüstern.

Große Freude bereitete Dore die gute Musik, die sie auf diesen Festlichkeiten zu hören bekam. Fast überall war es üblich, daß, wenn sich die Tafelrunde erhoben hatte und sich nach der Mahlzeit satt und träge in die bequemen Lehnsessel niederließ, ausgezeichnete Künstler mit ihren Vorträgen über die Verdauungsstille hinweghalfen.

Während man leise von den Kursen der Börse und den Preisen der Weine, von den neuesten Modeerscheinungen und anderen Sorgen plauderte, schluchzte ein Cello das Air von Bach, oder das Menuett von Boccherini hüpfte mit neckischer Anmut durch die warme, puder- und parfümgeschwängerte Luft des Salons. Oder ein Mitglied der Oper sang Carmens Trotzlied von der Zigeunerliebe, dem Kind der Freiheit.

»Wie schön das ist«, flüsterte einmal ein liebliches Mädchen Dore bei dem Sang dieses tollen Liedes zu. »Ach, ich möchte auch gern Schauspielerin oder Sängerin werden, wenn es nur nicht so furchtbar unpassend wäre.«

Als die Musik verstummte, sprach sie breit und wichtig weiter, warum es nie geschehen könnte, was Papa und Mama dazu sagen würden, und während sie, die vollen Lippen aufwerfend, sich immer behäbiger über ihr Thema ausbreitete, sah Dore bedauernd hinter der jugendfrischen Anmut schon die Anfänge zu dem rundlichen Doppelkinn, der schweren Üppigkeit des ganzen Körpers, die Zufriedenheit und Genuß, aber nicht zehrendes Ringen, nicht Streben und Kampfsucht. –

Von allen diesen Eindrücken sprach Dore in schwatzender Freude zu Bergmann. Oft schon am selben Abend, denn Bergmann verstand es häufig, die Droschkenkutsche, in der Dore erhitzt von Wein und Tanz nach Hause fuhr, auf dem Wege abzufangen und auf diese Weise Dore noch für einen Augenblick abzufangen.

Einen nachhaltigen Eindruck hinterließen diese Festlichkeiten nicht bei Dore. Sie war zu erfüllt von ihrem eigentlichen Leben, von ihrer Kunst und ihrer Liebe, und schon am Morgen dachte sie mit keinem Gedanken mehr an den Spuk der Nacht. –

Die Tage jagten vorwärts, sie brachten flüchtigere Begegnungen mit Bergmann in Gegenwart anderer, hier und da eine geraubte Stunde heißer Küsse und weniger Worte. Für die langen, friedlichen Nachmittage war keine Zeit mehr, denn die Proben währten oft bis in die Dämmerstunde.

Und endlich kam der brausende Abend, wo sie sich an der Hand des totenbleichen Dichters immer und immer wieder an der Rampe verbeugen mußte. Er brachte einen ungewöhnlichen Erfolg. Für den Dichter und für Dore. Ihr Name bekam Schwingen und flog über die Welt.

In den Zeitschriften erschien ihr Bild, sie erhielt Briefe und Aufmerksamkeiten von Unbekannten. Sie stand mit einem Male in der blendenden Helle der Öffentlichkeit.

Sie gehörte nicht mehr den Elementen an, wie Bergmann, Goethe zitierend, sie neckte, aber ihr eigenes Leben kam wieder in ruhigere Gangart. Das feinsinnige Dichterwerk wurde ein Kassenstück und Abend um Abend gespielt. So gab es keine neuen Proben.

Dore genoß die Ruhe der blauschimmernden Dämmerstunden wieder in Bergmanns Junggesellenwohnung, umweht von Blumen- und Zigarettenduft. Die hellen Vormittage verbrachte sie mit weiten Spaziergängen. Nach den rastlos dahingeeilten Wintertagen, die sie in heißen Räumen in dem Schein künstlichen Lichtes verlebt hatte, spürte sie geradezu einen Hunger nach frischer Luft und Sonnenhelle.

Draußen im Grunewald hielt der Schnee sich noch, aber ein warmer Hauch durchwehte schon hier und da die Luft und brachte eine Ahnung vom Frühling. Dore konnte stundenlang träumend dahingehen in dem verschneiten Wald. An dem düsteren Jagdschloß vorüber wanderte sie bis zu dem schmalen, birkenumsäumten Schlachtensee, der in schweigender Einsamkeit seine Eisdecke trug. Sie spann im Wandern die Zukunft aus, dachte zurück an die sehnsuchtsvollen Jahre im engen Elternhause und erinnerte sich aufatmend an die wundervolle Wendung, die ihr Leben genommen hatte.

In den ersten Tagen nach ihrem großen Erfolg hoffte sie fest auf ein Zeichen aus dem elterlichen Hause. Sollte die Mutter wirklich kein Wort für sie finden? Mußte nicht gerade sie es jubelnd begrüßen, daß es ihrem Kinde vergönnt war, die Träume seiner Jugend zur Wirklichkeit zu formen? Hatte der kalte Zwang jedes Gefühl in ihrem Frauenherzen erstickt und getötet? Manche Träne lief über Dores Wange, wenn sie solchen Gedanken nachhing. Ihr junges, liebesbedürftiges Herz schloß sich nach dieser Stunde noch zäher an den geliebten Freund.

Aber eines Tages befiel sie eine beklemmende Ahnung. Eine zitternde Angst stieg in ihr auf und ließ sie nicht wieder los. Wie ein Schleier hängte sie sich vor alles, saß hinter jedem Gedanken, jedem Wort, jedem Geschehnis, machte Dore unstät, ruhelos und jagte sie durch die Tage.

Mit Bergmann davon zu sprechen war ihr unmöglich, und so fand sie niemals mehr Frieden in dem Zusammensein mit dem Geliebten. Das Alleinsein beängstigte sie, sie suchte Zerstreuung, wo sie sie finden konnten. Sie machte lange Spaziergänge mit Grete Hollwitz, die immer Zeit hatte und stolz war, daß die gefeierte, sonst so zurückhaltende Dore Brandt jetzt ein Zusammensein mit ihr suchte. Sie lief mit Mara Scholler von Warenhaus zu Warenhaus und half geduldig die langweiligsten Wirtschaftsgegenstände für das neue Heim der

Freundin einkaufen. Hinter der Stirn nur den einen peinigenden Gedanken.

Bergmann entging Dores verstörtes Wesen, denn er war selbst mißgelaunt, weil er eine Rolle zu spielen hatte, die ihm nicht behagte. Außerdem drängten wieder einmal ein paar Gläubiger, sodaß er sich fürchten mußte, zu Hause zu sein. An seiner Tür hing stets der Zettel: ›Nicht anwesend.‹

Bisher hatte Dores heitere Lebensfreude die Stunden ihres Beisammenseins mit Glanz und Farbe erfüllt. Jetzt sprachen sie beide oft lange Zeit nicht miteinander, und ein drückendes Schweigen beengte das Zimmer. Dore saß auf ihrem gewohnten Platz auf dem Schaukelstuhl. Aber sie starrte vor sich hin, grenzenlos müde. Sie wußte nichts zu erzählen, alles erschien ihr unwesentlich im Vergleich zu ihrer angstvollen Vermutung, von der sie nicht reden konnte. Bergmann lag bequem auf dem Sofa hingestreckt, die linke Hand unter dem Kopf und rauchte eine Zigarette nach der anderen.

Eines Nachmittags sagte er lächelnd, während er dem Rauch seiner Zigarette nachblickte: »Drollig, die Lieblingsblumen der kleinen Rhea Günter sind schwarze Lilien.«

»Schwarze Lilien? Ich kenne nur weiße«, antwortete Dore gedankenlos, wie sie jetzt meist sprach.

»Ja natürlich, du kennst nur weiße Lilien«, sagte Bergmann.

Dore sah scheu zu Bergmann hinüber. Etwas Feindliches, Schmerzendes drang aus seiner Stimme zu ihr herüber. Aber bald darauf holte er sie zu sich, bedeckte sie mit Küssen und sie fand Betäubung und Vergessenheit in seinen starken Armen.

Ein kurzer Taumel und wieder brannte die angstvolle Vermutung in ihren Gedanken. Was sollte werden, wenn sie sich zur Wahrheit bestätigte?

Nach einer schlaflosen Nacht beschloß sie, mit Bergmann davon zu sprechen. Sie wartete mit Unruhe auf die Stunde, da sie zu ihm eilen konnte. Als sie endlich sein Zimmer betrat, lag Bergmann leise schnarchend im festen Schlaf auf dem breiten Sofa. In der bläulichen Zigarettenluft schwebte ein unangenehmer Duft von welken Blumen oder schlechtem Parfüm. Dore blieb an der Tür stehen und sah auf den schlafenden Geliebten. Wie fremd, wie. hart und grausam schienen ihr seine scharfen Züge, das glatte Gesicht mit dem vorspringenden Kinn.

Unter ihren prüfenden Blicken schlug Bergmann die Augen auf und erblickte Dore. »Schon so spät?« sagte er, sich behaglich dehnend und streckend, während er den Mund zu weitem Gähnen öffnete.

Dore errötete. Wie hatte sie nur einen Augenblick daran denken können, mit Bergmann von ihrer Besorgnis zu sprechen.

»Nun, mein Kind, nimm den Hut ab, mach' dir's bequem«, sagte Bergmann freundlich und richtete sich auf.

Dore blieb an der Tür. Sie fürchtete sich, daß er sie heute umarmen könnte.

»Wollen wir nicht ein wenig spazierengehen?« sagte sie zu Boden blickend. Sie meinte, er müßte ihre Gedanken erraten.

»Spazierengehen, gern.« Bergmann sprang vom Sofa auf und streifte den hellgelben Hausrock ab.

»Das ist ein großartiger Gedanke, Dore«, sagte er, während er vor dem Spiegel sorgsam seine Kravatte zurechtzupfte. »Wir gehen durch den Tiergarten in das Café und dort schlemmen wir in Mokka und Kollegengeist, bis wir in die Bajazzokleider müssen.«

Sie gingen langsam im lebhaften Geplauder auf den leeren Wegen unter den kahlen, den Frühling erwar tenden Baumriesen dahin. Bergmann hatte Dores Arm in den seinen gezogen und sprach herzlich und offen von dem, was ihn zu bewegen schien. Dore vergaß das Mißbehagen der vorigen Stunde und fühlte sich unendlich wohl, sicher und behütet an seiner Seite. Feine Nebel wogten zwischen den Baumstämmen, und dem feuchten Boden entströmte ein starker Erdgeruch. Eine wundervolle, müde Glückseligkeit legte sich auf Dore. Nun wollte sie also morgen von ihren Sorgen zu Bergmann reden. Er war ja so gut und hatte sie lieb. Wie aufrichtig war er zu ihr. Ohne jede Beschönigung hatte er soeben von all den widerlichen Verpflichtungen gesprochen, die er noch aus der Vergangenheit mit sich schleppte, gleich Fußketten, die ihn zu Boden drückten.

»Warum kenne ich dich erst seit fünf Monaten, sparsamer, kleiner Edelfink«, sagte er und preßte ihren Arm an sich.

»Sind es wirklich erst fünf Monate? Und mir scheint es unglaublich, daß ich einmal ohne dich gelebt habe.«

Als sie das Café betraten, stürmte ihnen gleich Grete Hollwitz entgegen. Sie war überglücklich, der versammelten Gesellschaft ihre Freundschaft mit Dore zeigen zu können.

Auch Rhea Günter, die die schwarzen Lilien liebte, war heute da. Sie war an derselben Bühne wie Bergmann, aber sie galt für sehr unbedeutend und wurde selten beschäftigt. Am Cafétisch war sie eigentlich nur geduldet, und wenig beachtet saß sie an irgendeiner Tischecke. Heute aber schien sie sich sehr sicher zu fühlen. Sie reckte und räkelte sich in dem schwarzen, prall anschließenden Samtkleide, das ein feuerroter Gürtel in die überschlanke Taille preßte. Sie lachte und lärmte und warf die brennende Zigarette aus ihrem Munde dem ihr gegenübersitzenden Bergmann ins Gesicht.

»Alles was wahr ist, das Mädel hat a Schneid«, sagte Grete Hollwitz. »Auf der Bühne ist sie halt a Rindviech, aber im Leben is sie a Schlaue. Die versteht's, die Mannsleut' zu behandeln.«

Dore fühlte sich nach dem friedlichen Spaziergang heiter und ruhig, wie seit langem nicht mehr. Sie scherzte mit Ingler, neckte Haller, der auch heute Verse kritzelte, und lachte über das kecke Wesen der Günter. Über alles hinweg trafen ihre Augen häufig die des Geliebten, und ein Gefühl der Sicherheit durchwärmte sie.

Als sich die Tischgesellschaft zerstreute, um ihrer Pflicht nachzugehen, verabredeten Dore und Bergmann wieder einen Spaziergang für den morgigen Tag. Auf dem freundlichen Tiergartenwege längs des Zoologischen Gartens wollten sie sich begegnen. Dore war entschlossen, mit Bergmann zu reden, und sie erwartete wunderbaren Trost davon. Endlich schlief sie wieder einmal ihren festen, traumlosen Kinderschlaf.

Des Morgens weckte sie der Regen, der gegen die Scheiben trommelte. Mit dem Spaziergang war es heute nichts, und am Nachmittage stand sie an Bergmanns Fenster und sah auf die vor Nässe glänzende Straße, während Bergmann an seinem Schreibtisch saß und Briefe schrieb. Einförmig prasselte der Regen auf das Pflaster, man hörte das Gegurgel der übervollen Dachröhren, die kleine Bäche über die stille Straße spülten. Hier und da jagte ein geschlossener Wagen an dem Fenster vorbei, in langen Abständen kamen vereinzelte Fußgänger vorüber. Da hielt mit Rädergekreisch eine Droschke vor dem Hause, dicht unter dem Fenster.

»Ich glaube, Rhea Günter kommt zu dir«, rief Dore erstaunt und wandte sich zu Bergmann um, der hastig vom Stuhl aufgesprungen war.

Im selben Augenblick klingelte es auch schon.

»Nicht öffnen«, flüsterte Bergmann und legte den Zeigefinger vor die Lippen.

Es riß drei, viermal an der Klingel, dann hörte man die Haustür heftig zuschlagen.

»Da geht sie wieder«, sagte Dore hinter der Gardine.

»Geh' doch nicht so nahe ans Fenster«, rief Bergmann heftig. »Sie kann dich ja sehen.«

»War Rhea Günter schon öfter bei dir?« fragte Dore und sah unwillkürlich durch das Zimmer, das ihr vertraut und wie ein Heim war.

»Du bist wohl gar eifersüchtig, Närrchen.« Bergmann legte den Arm um sie.

»Aber Ernst!« Dore sah mit großen Augen vertrauensvoll zu ihm auf. »Das wäre schlimm, wenn ich eifersüchtig sein wollte, nur weil dich jemand besuchen kommt.«

»Jetzt fällt es mir ein«, rief Bergmann und schlug sich vor die Stirn, »ich hatte ja dem kleinen Ding versprochen, die neue Rolle, die sie spielen soll, einmal mit ihr durchzustudieren. Na, dann muß es ein andermal sein. – Wie ist es, wollen wir uns vor dem Regen hinter die großen Scheiben eines warmen, lichtvollen Caféhauses flüchten?« –

Es wurde zur Gewohnheit, daß sie wieder jeden Nachmittag ins Café gingen. –

Immer klarer wurde es Dore, daß ihre Vermutung sie nicht getäuscht hatte, und eines Morgens, die würzige Märzluft war wundersam frühlingsweich, da erfuhr sie die unumstößliche Wahrheit, daß sie Mutter werden sollte.

Wie betäubt war sie durch den frischen Frühlingsmorgen nach Hause gejagt. Fest verriegelte sie hinter sich die Tür ihres kleinen Zimmers. Sie sank auf einen Stuhl und starrte gedankenlos auf ein weißes Briefkuvert, das vor ihr auf dem Tische lag. Mit einem Male begriff sie, daß es ein Brief war, ein Brief, der Bergmanns Handschrift trug. Das Blut strömte ihr warm zum Herzen. Wie hatte sie ganz den Geliebten vergessen können? Ein mattes Lächeln erhellte für einen Augenblick ihr verstörtes Gesicht, als sie hastig den Brief ergriff und öffnete.

Ihre Augen weiteten sich beim Lesen der wenigen Zeilen, die sie erst rasch einmal durchflog, um sie dann immer wieder zu lesen.

Da stand auf einem kleinen Fleck des großen Bogens dicht zusammengedrängt in der kleinen Handschrift Bergmanns, auf die er stolz war, weil sie an Strindbergs Handschrift erinnerte:

»Liebe! Komme heute und morgen, überhaupt die nächsten Tage nicht zu mir. Laß mich ein wenig allein meiner Wege gehen. Frage nicht. Ich hab dich lieb. Ernst.«

Als Dore eine verzweifelte Woche hindurch von Stunde zu Stunde gewartet hatte, daß Bergmann sie wieder rufen sollte, konnte sie dem Verlangen, nach seiner Wohnung zu gehen, nicht widerstehen. Wenigstens an seinem Fenster wollte sie einmal vorübergehen.

Es war ein lächelnder Vorfrühlingstag, ein Duft von Veilchen lag in der leichten Luft, und ein froher Glanz schien auf den Menschen zu liegen. Auf den Gewässern des Tiergartens plätscherten die Enten, man konnte nicht glauben, daß sich hier noch vor wenigen Wochen Schlittschuhläufer auf dem Eis tummelten.

Die Sträucher trugen schon das erste Grün, und als Dore den oft in Freude und Glück betretenen Weg dahinschritt, kam etwas wie Glückserwartung über sie. Es konnte ja sein, daß sie Bergmann begegnete. Oder, daß er sie vorübergehen sah, um ihr sofort nachzueilen.

Und sie sah ihn wieder, hörte seine Stimme, sie sahen sich in die Augen und waren beieinander.

Wie rasch näherte sie sich ihrem Ziel. Schon war sie in dem lauten Getriebe des Kurfürstendammes. Eine Kette von Wagen rasselte dem Grunewald zu, zierlich geputzte Kinder umsprangen ihre Hüterinnen, plaudernde Gruppen von Fußgängern, geschmückt mit den ersten Frühlingskleidern, genossen heiter in langsamem Schritt den schönen Tag.

Nun sah Dore über dem bunten Gewühl den hohen Eckbau mit den bizarren Türmen, an dessen Seite das Haus mit Bergmanns Wohnung lag. Herzklopfend blieb Dore vor der Auslage eines Buchhändlers stehen. Gedankenlos las sie mit halblauter Stimme ein paar Büchertitel, auf die ihr Auge fiel. Jetzt hatte sie die ruhige Seitenstraße betreten und hatte das Rädergerassel und Pferdegetrappel hinter sich.

Als sie sich Bergmanns Fenster näherte, begann sie, die Schritte zu beschleunigen und ohne den Kopf zur Seite zu wenden, lief sie vorüber. Bestürzt stand sie nach wenigen Augenblicken am anderen Ende der Straße. Nach kurzem Entschluß kehrte sie wieder um, und während ihre Knie sie kaum tragen wollten und ihr Gesicht sich mit dunkler Röte bedeckte, richtete sie im Vorüberschreiten die Augen fest auf das wohlbekannte Fenster. Sie zuckte zusammen. Das Fenster war weit geöffnet. Die Gardinen bewegten sich leise im Winde, und ein schräger Sonnenstrahl fiel auf ein Blumenglas, in welchem ein Strauß schwarzer Lilien Frühling und Sonne einsaugte.

Dore wußte, was geschehen war.

»Abgetan«, flüsterte sie vor sich hin.

Rhea Günter! Wie war das nur möglich? Dieses verzierte Wesen, das niemand ernst nahm, nicht mal die jungen Leute, die jeweilig ein offenkundiges Liebesverhältnis mit ihr verband. Dore sah Rheas zierliche Gestalt in dem geschnürten, schwarzen Samtkleid mit rotem Gürtel deutlich vor sich. Rhea Günter und Ernst Bergmann. Ihr Körper schüttelte sich in wilder Eifersucht.

Unstät, willenlos, ohne Halt lebte Dore jetzt ihre Tage dahin. Blindlings Zerstreuung suchend, war sie bei allen Geselligkeiten bis spät in die Nacht dabei. Es sollte zu Bergmanns Ohren kommen, daß sie lustig war. Sie überlegte nicht, was geschehen sollte, was kommen mußte, sie wollte nicht über das Heute hinausdenken. Sie wünschte nichts, als die Stunde, die da war, zu betäuben.

Nur wenn sie auf der Bühne stand, fühlte sie nichts von der grauenhaften Angst, die ihren Körper verbrannte. Wenn die Gedanken an die Zukunft sich doch gewaltsam drohend aufdrängten, so war ihr das Trostloseste zu denken, daß die Stunden auf der Bühne für sie gezählt sein mußten. Wie ein Traum wird all das Erreichte in nichts zerflattert sein. Fort mußte sie, weit fort.

In ihrer Verzweiflung quälte sie sich mit peinigenden Einbildungen. Enstellt, schwerfällig würde sie Bergmann, Rhea Günter im Arm, begegnen und laut lachend würden die beiden an ihr vorübergehen. Bis in die Träume verfolgte sie dieses Bild. Niemals bedachte sie, daß sie einem Menschenkinde das Leben geben sollte.

Arm in Arm ging sie des Nachts mit Grete Hollwitz nach dem Theater zu Festlichkeiten und Kabaretts, es war ihr gleich, wenn dort nur gelacht und gelärmt wurde. Herren begegneten ihr vertraulicher, mit einem Lächeln um den Mund, seit man sie stets mit Grete Hollwitz zusammen sah.

Eines Abends schleppte Grete sie auf ein wildes Atelierfest. Ein großer Teil der Berliner Boheme war dort vereint. Viele Leute, die große Worte im Munde führten, aber noch nichts geleistet hatten.

Dore kannte aus der zusammengewürfelten Gesellschaft nur Haller und den jungen Schauspieler Borsky, der seit vielen Abenden nicht von ihrer Seite wich.

Die Unterhaltung war albern, gesucht geistreichelnd oder zweideutig.

Dore fühlte, wie wenig sie hier am Platze war, aber ihrem wütenden Trotz war es eine Genugtuung, sich zu erniedrigen.

Meist sprach man mit neidvollem Haß von denen, die kürzlich etwas erreicht hatten.

»Verleger sollte man sein«, sagte ein auf der Erde hockender Jüngling, indem er sein gelbgrünes Gesicht zu einer Grimasse verzog und seine mit Sandalen umschnallten Füße auf- und abwippen ließ. Er hatte einen spiritistischen Roman: ›Die physische Psyche‹ geschrieben, aber niemand wollte ihn drucken.

»Na ja, heiraten Sie eine reiche Frau und machen Sie einen Verlag auf«, rief Haller, während er sich eine Zigarette drehte.

»Hört den Lyriker. Er wittert schon wieder einen Verleger«, rief einer dazwischen.

»Pfui Deibel, Verleger leben von dem Hirn ihrer Mitmenschen«, schrie ein anderer.

»Eine reiche Frau, als wenn das leicht wäre«, antwortete der Jüngling mit dem grüngelben Gesicht. Wer nichts hat, der kriegt nichts, und wer nichts kriegt, der wird nichts. Und eine Dame aus guter Familie muß es doch schließlich auch sein.«

»Das Wort Dame gibt es nicht in meinem Wörterbuch«, rief Borsky feurig. »Für mich gibt es nur Frauen, und es gibt keine, die ich nicht zu begehren wagte, wenn ich sie liebte.« Mit glutvollen Blicken umzüngelte er Dore.

Eine Dichterin kletterte auf das Podium und sagte ungebeten einige Verse auf.

»Weiße Kissen, Tuberosen,
Mein Geliebter, fletsch' dich ein,
Fletsch' dich ein«,

war der häufig wiederkehrende Refrain des Gedichtes. Dore vergaß ihr Leid und lachte hell auf. Die schweigende Zuhörerschaft überhörte es, man vermutete wohl, Borsky habe sie gekitzelt.

Als die Dichterin geendet hatte, rief ein junger Maler, die Hände in den Taschen seines in dieser Umgebung auffallend elegant wirkenden Rockes vergraben: »Sie werden siegen, Maria Benvenuta. Sie werden der wahren Frauendichtung die Gasse bahnen.«

»Glauben Sie, Meister?« fragte Maria Benvenuta mit weicher Stimme, während sie vom Podium herunterglitt und sich fragend an den jungen Mann lehnte.

Der ›Meister‹ hatte im vorigen Jahr ein Bild auf der Sezession gehabt und war damit die Respektsperson des ganzen Kreises geworden. Stillschweigend nahm er seitdem von den Freunden die Anrede ›Meister‹ entgegen.

Heute widmete er sich mit herablassender Artigkeit Dore. Zum großen Ärger des nicht zu verdrängenden Borsky, der stets eine Seite Dores in Beschlag genommen hatte. »Wir müssen hier zusammenhalten, Gnädigste«, sagte er zu Beginn des Gespräches und fügte, als Dore erstaunt aufsah, bescheiden erklärend hinzu: »die Perlen unter den Säuen«.

Wieder ertönten Worte vom Podium. Ein junger Mann, dessen unrasiertes Gesicht vor Verlegenheit totenbleich geworden war, fuhr sich durch die blonden, bis zu den Schultern herabreichenden Haaren und stieß mit scharfer, hoher Stimme seine neuesten Aphorismen hervor.

»Der Kaviar ist die Schuhcreme der Sünde.« »Das Standesamt ist der Galgen der Liebe.« »Nichts ist teurer, als ohne Geld zu leben.« »Ein Hund kann eine Persönlichkeit sein und eine sogenannte Persönlichkeit ein Hund.«

»Ein Mensch kann Läuse haben, aber eine Laus keinen Menschen«, äffte jemand nach.

Der Dichter kam wütend vom Podium herunter. Ein heftiger Zank entbrannte. Der Jüngling mit den Sandalen benutzte den allgemeinen Aufruhr, um sämtliche Schinkenbrötchen zu verzehren.

Als der Friede wieder hergestellt war, sang man die Marseillaise zur Guitarre.

Je später es wurde, je wüster ging es zu. Ein Witzbold machte sich den Scherz und löschte das Licht aus. Die Mädchen quietschten, man hörte Küsse und Stuhlrutschen, jemand stolperte und riß klirrende Gläser mit sich.

Endlich brannte die Lampe wieder.

Dore und einige andere verabschiedeten sich. Grete Hollwitz saß auf Hallers Schoß und dachte nicht daran, nach Hause zu gehen.

Borsky erbot sich, Dore heimzubegleiten. Trotzdem sich Dore innerlich dagegen empörte, gab sie es zu.

Langsam trottete die Droschke durch die nächtlichen Straßen. Borsky flüsterte immer glühendere Worte, seine Hände wurden immer zudringlicher. Dore biß die Zähne zusammen. Recht so. Hatte sie der Eine, dem sie ihr ganzes Sein offenbart hatte, achtlos fortgeworfen, warum sollte sich nicht jeder an ihr vergreifen.

Da fühlte sie das heiße Gesicht des Mannes ganz nahe an dem ihren, Borsky beugte sich vor, um ihre Lippen zu suchen.

Mit einem Schrei des Ekels schlug sie ihm in das erhitzte Gesicht und sprang aus dem Wagen. Wie gehetzt eilte sie die wenigen Schritte bis zu ihrem Hause.

Vieles kam Bergmann über Dore zu Ohren. Er durchschaute vollständig ihr Wesen. Sie litt, und es schmerzte ihn. Er hatte auch oftmals Sehnsucht nach ihr. Es war das erste Mal, daß er die eine nicht über der anderen vergaß. Eine schwüle Minute im dunklen Bühnenraum hatte ihn mit der kleinen Rhea zusammengeführt, und sie reizte ihn täglich mehr. Sie führte Reden, die das Blut in die Fingerspitzen trieben. Einstweilen war sie nach seinem Geschmack, eine amüsante Abwechslung zwischen Vormittagsprobe und Abendvorstellung. Es stand ja nichts im Wege, zu Dore zurückzukehren, wenn die Sehnsucht nach ihr stärker erwachen sollte. Frauen verzeihen leicht, wenn sie lieben. Und er sah, daß Dore ihn liebte. –

Am Tage nach dem Atelierfest gingen Dore und Grete spazieren. Grete erzählte die abenteuerlichsten Dinge. Sie war mit allen Geheimnissen der Großstadt vertraut. Nicht umsonst ertrug Dore diese Reden.

Am nächsten Tage studierte sie die Zeitungen nach gewissen Inseraten, schrieb sich eine Adresse auf und verließ mit festen Schritten das Haus. Sie bestieg eine elektrische Bahn und fuhr nach der Markgrafenstraße, die sie dicht an den Häusern entlang hinunter eilte. Endlich, kurz vor dem Belle-Alliance-Platz, hatte sie die gesuchte Hausnummer gefunden, und rasch bog sie in den Torweg. Eine morsche Holztreppe führte nach oben. In dem Treppenflur herrschte eine atembeklemmende Luft von dem Duft gebratener Zwiebeln, von Plättwäsche und schlechtem Tabak. Im dritten Stockwerk klingelte Dore, nachdem sie das Namensschild gelesen hatte. Schlurfende Schritte näherten sich. Dann wurde die Tür auf einen Spalt geöffnet.

»Sie wünschen?« fragte eine lauernde Stimme, aber im selben Augenblick hatte die Sprecherin sich überzeugt, daß eine elegante Dame draußen stand, und rasch öffnete sie die Tür, um gleich hinter Dore ins Schloß zu fallen.

Dore trat in ein schlecht gelüftetes Zimmer, in welchem nur ein paar Stühle, ein Tisch, ein Waschtisch und ein Sofa standen.

Die Frau bat Dore, Platz zu nehmen. Aber Dore blieb stehen. Sie atmete heftig, und nach einer kurzen Weile, in welcher sie von den stechenden Augen der vor ihr stehenden Frau scharf gemustert wurde, stieß sie hervor: »Helfen Sie mir.«

»Wobei?« fragte die Frau, harmlos lächelnd.

»Stellen Sie sich nicht so dumm«, herrschte Dore sie an. Sie merkte, daß sie wie ihr Vater sprach.

»Immer liebenswürdig, Freileinchen«, sagte das magere Weib hämisch. »Also erst tausend Mark blank auf den Tisch.«

Dore fuhr zusammen. Daran hatte sie gar nicht gedacht. Aber das Geld mußte beschafft werden.

»Gut«, sagte sie kurz. »Ich werde morgen um dieselbe Stunde wiederkommen.«

Die Alte sah sie mißtrauisch an.

Dore drängte sie beiseite, suchte sich selbst die Tür und ging hinaus.

Es war Theaterzeit, und ihre Gedanken gehörten nun ihrer Kunst. Nach dem Schluß der Vorstellung, die jedesmal wieder ein rauschender Triumph für sie war, ließ sie Grete Hollwitz im Stich und fuhr nach Hause. Sie wollte allein sein und nachsinnen, wie sie bis morgen tausend Mark erlangen konnte.

In ihrem Zimmer überfiel sie eine bleierne Müdigkeit. Sie schloß die Augen, lehnte den Kopf an die Schulter und lehnte sich matt in den Stuhl zurück. Das Fenster war geöffnet, die Sterne blinkten herein, ein leichter Wind kühlte wohltuend ihre Stirn.

Plötzlich ging etwas Wundersames in ihrem Körper vor.

Erschreckt sprang sie auf. Die Tränen schossen ihr in die Augen, schluchzend sank sie vor ihrem Bett in die Knie. Ihr Kind lebte, wollte leben, ein kleiner hilfloser Mensch wuchs in ihr auf, in ihr, in ihr.

»Was wollte ich tuen, was wollte ich tuen«, schluchzte sie. »Vater, Mutter, Ernst, Gott, hattet ihr mich denn alle verlassen? Was wollte ich tun, was wollte ich tun.«

Unaufhaltsam stürzten die Tränen aus ihren Augen und befreiten ihr gequältes Herz.

Sie weinte und weinte, bis sich ihr ganzes Wesen in Müdigkeit aufzulösen schien. Unentkleidet legte sie sich nieder.

»Ich bin ja so glücklich«, flüsterte sie, und mit einem Lächeln glitt sie in einen tiefen Schlaf.

Es war bald Mittag, die Sonne füllte schon das ganze Zimmer, und immer noch lag Dore im ruhigen festen Schlummer.

Draußen hantierte Frau Klinkert unruhig hin und her. Ihr war das verstörte Wesen Dores nicht entgangen. Schließlich machte sie ihrer Ungeduld ein Ende und klopfte an Dores Tür. Dore fuhr hoch und rieb sich die Augen. Die Sonne blendete. Frau Klinkert klopfte energischer.

»Aber Fräuleinchen, wollen Se denn den janzen ersten Mai verschlafen?«

»Ist heute der erste Mai? Dann muß ich aber gleich hinaus.« Dores Stimme klang wieder hell und frisch.

»Se haben sich versöhnt«, dachte Frau Klinkert bei sich, denn sie hatte auch so ihre eigenen Gedanken. Sie ließ den Kopf schwer auf das dreifache Kinn sinken und lächelte in behäbiger Gutmütigkeit, schlurfte in die Küche und goß sich zum dritten Male Kaffee ein.

Eine halbe Stunde darauf wurde ihre Gemütlichkeit gestört und ›der janze erste Mai ihr versalzen‹, wie sie sich am Abend ihrem Sohne gegenüber ausdrückte.

Dore rief sie hinein, zahlte die Miete und sagte, daß sie in einer Woche verreisen werde und daher das Zimmer aufgeben müsse.

»Und nischt nich rauszukriegen, warum«, endete Frau Klinkert ihren Bericht an den Sohn, indem sie verärgert ihre fette Faust auf den Tisch fallen ließ. –

Dore war in den Maitag hinausgegangen. Nun hieß es mutig, alles zu erledigen, was vor ihrer Abreise geschehen mußte. Das Schwerste war die Unterredung mit Direktor Gollberg. Sie sah auf die Uhr. Wenn sie zu Fuß durch den Tiergarten ging, kam sie gerade zurecht, um als Erste in der Sprechstunde anklopfen zu können. Und auf dem Wege konnte sie sich klar werden, was sie zu sagen hatte...

In ihrem langen Frühlingsmantel schritt sie eilig dahin, Luft und Sonne einatmend und ganz mit ihren Gedanken beschäftigt.

Direktor Gollberg freute sich, als er Dore in sein Zimmer treten sah. Dore und er waren, ohne daß sie es zueinander ausgesprochen hatten, herzliche Freunde geworden.

Nur einmal, nach einer der langen, anstrengenden Proben, in denen Dore zu ihrem großen Erfolg reifte, hatte Gollberg gesagt: »Ich danke Ihnen, daß Sie blind für meine Schwächen waren, Dore Brandt. Nun steckt keine schwüle Erinnerung zwischen uns, und wir können als treue Kameraden zusammen arbeiten.« Er achtete Dore als tüchtigen Menschen, er verehrte ihre Künstlerschaft und ihre Schönheit, und Achtung und Verehrung waren es auch, die Dore zu ihm zogen.

»Nun, Dore Brandt, was verschafft mir die Ehre? Wollen Sie mir einen Maiengruß bringen?« Gollberg kam ihr lächelnd entgegen.

»Sie werden gleich sehr böse auf mich sein«, erwiderte Dore und versuchte zu lächeln.

»Ich, ich bitte um Urlaub«, stieß sie dann hastig hervor, als beide Platz genommen hatten. »Ja, Urlaub von der nächsten Woche an.«

»Aber Kind, gerade jetzt, wo das Theater allabendlich gefüllt ist mit Leuten aus aller Herren Länder. Das ist doch geradezu töricht. Warum denn nur?«

»Ich bin nicht gesund.«

»Dann spielen Sie ein paar Tage nicht. Ruhen Sie sich aus, Käte Anker hat die Rolle geprobt und wird auf ein paar Tage für Sie einspringen.«

»Ich muß Urlaub haben«, sagte Dore, jedes Wort betonend.

»Auf wie lange wünschen Sie Urlaub zu erhalten?« Gollberg sah sie scharf an.

»Bis – bis, überhaupt vorläufig«, stammelte sie.

Gollberg war aufgesprungen, lief einmal im Zimmer auf und nieder und setzte sich wieder. »Warum denn nur, warum denn nur?« fragte er erregt.

»Es muß sein«, betonte Dore noch einmal und sah ihm in die Augen. Schweigend sahen sie sich an. Gollberg begriff. »Ist es möglich, Mädchen, kleine Dore Brandt? Wie schrieb Dr. Schmidt? ›Ewigkeitszug, Rasse, Schauspielerin, Frühlingsfrucht der Kunst, eine Offenbarung, ein Erlebnis, die Tragödin des 20. Jahrhunderts.‹ Und das alles verpfuschen Sie sich, niemals würde ein Mann so besinnungslos handeln.«

»Das glaube ich jetzt auch«, sagte Dore.

»Kleine Dore Brandt«, Gollberg sprang auf. »Ich bin gewiß sehr taktlos, aber sehen Sie, der Künstler, sagen Sie meinetwegen der Direktor, ging mit mir durch.«

»Wann glauben Sie denn wieder spielen zu können«, fragte er nach einer Weile.

»Im Januar vielleicht – es wird mir schwer – schon – so weit im voraus zu denken. Ich wage es nicht«, antwortete Dore leise und neigte den Kopf.

Gollbergs Blick ruhte schmerzlich auf ihr. »Natürlich zahle ich Ihnen die Gage weiter«, sagte er plötzlich.

Dore hob rasch den Kopf. Ihre Augen leuchteten in dem blassen Gesicht.

»O danke, danke, daß ich nicht darum zu bitten brauchte.« Sie erhob sich.

»Dann spiele ich Sonntag zum letzten Male. Und noch eine Bitte. Darf ich Ihnen dann meine Adresse anvertrauen? Würden Sie die Güte haben, mir nachzusenden, was an Nachrichten für mich ankommt? Ich habe sonst niemanden.«

»Dore, liebe Dore, darf ich nichts Näheres wissen, Ihnen behilflich sein? Oder Käte Anker, sie ist ein guter, ehrlicher Mensch.«

»Nein, nein, niemand, niemand«, rief Dore. Ein Händedruck, und sie stand draußen. Sie atmete auf. Das lag hinter ihr. –

Dore hatte viel überlegt, wohin sie reisen könnte. Sie, die geglaubt hatte, ihre Heimat nicht zu lieben, konnte sich jetzt nicht von ihr trennen. Mußte sie schon unter Fremden die schweren Stunden ertragen, sollte ihr wenigstens der Boden heimisch sein. So suchte sie in den Vororten, die sich am Rande des Grunewaldes erstreckten, nach einer Heimstätte für die kommende Zeit.

Endlich entdeckte sie draußen in den neuen Häusern am Schlachtensee ein einfaches Zimmer, das ihr vielleicht eine Zuflucht werden konnte.

Es lag ebenerdig und war nur klein, aber was Dore dahin zog, war die Vermieterin. Sie war eine ältere Lehrerswitwe, die zur Aufbesserung ihrer Pension hier ein kleines Papiergeschäft betrieb. Eine schlichte Frau, mit einem milden, mütterlichen Gesicht. Als Dore zum zweitenmal das Zimmer zu besichtigen kam, wurde sie schon wie eine alte Bekannte empfangen. Man sah der freundlichen Frau an, daß sie glücklich war, jemanden zum Schwatzen erwischt zu haben. Bald erfuhr Dore die ganze einfache Lebensgeschichte der einsamen Frau, die eine Pastorentochter und mit siebzehn Jahren Braut war, aber dreizehn Jahre als Verlobte warten mußte, bis sie der Gatte heimführen konnte. Daß sie vergeblich ein Kind ersehnt hatte, wie dann im vorigen Jahre der Tod sich aus glücklicher, zufriedener Ehe den Gatten holte, und wie sie seitdem still ihren Erinnerungen gelebt hatte.

In ihrer Einsamkeit war sie auf den Gedanken gekommen, ihr zweites Zimmer an ein liebes, junges Fräulein zu vermieten. Sie warf Dore ermunternde Blicke zu.

Da sagte Dore der Fremden, was ihr bevorstand. Sie fragte, ob sie ihr, der Alleinstehenden, mütterlich beistehen wolle.

Und die einfache Frau verstand Dores karge Worte, sie fühlte die Beherrschung, die Verlegenheit hinter der gemessenen Rede. Behutsam strich ihre Runzelhand über Dores zitternde Hände.

»Liebes Kind, mutterlos Mutter werden ist schwer. Ich will denken, daß Gott Sie mir ins Haus geführt hat. Mir Kinderlosen.« Eine Träne fiel auf Dores Hand. Mit verlegenem Lächeln richtete sie sich auf.

»Nun aber gescheit sein«, sagte sie gütig.

»Am Montag also kommt's Mädel zu mir, und dann werden wir tapfer zusammenhalten, wir zwei. Jetzt muß ich in meinen Laden.«

Dore ging mit dankbarem Lächeln.

Draußen blieb sie stehen und sah lange auf die Ladentür und die Fenster. ›Minna Faber, Papierhandlung‹, stand in verschnörkelten Buchstaben auf dem schwarzen Holzschild. Was wird Minna Faber mit ihr erleben? Was wird ihr hinter den kleinen Fenstern mit den blauweiß gestärkten Gardinen beschieden sein?

Eine Stunde darauf stand sie im Bühnenlicht und jubelte die ersten Worte ihrer Rolle. Das Haus war ausverkauft, denn es hatte in der Zeitung gestanden, daß Dore Brandt nur noch einige Male in dieser Spielzeit auftreten würde.

Nach Schluß der Vorstellung kam Grete Hollwitz in einem hellen, neuen Kostüm in Dores Ankleidezimmer stolziert.

»Nanu, Dore, du hast Urlaub genommen?«

»Ja, das hab' ich.« Dores Gesicht war gerade hinter dem Handtuch verschwunden, mit dem sie sich von der Schminke befreite.

Aber Grete war aus einem anderen Grunde gekommen.

»Na, ich hätt' ohnehin zunächst keine Zeit gehabt«, sagte sie, sich vor dem großen Spiegel hin- und herdrehend. »Ich habe nämlich einen neuen Freund gefunden. Vorgestern im Kabarett ›Zum Lachkrampf‹, wo's notabene bodenlos langweilig ist. Prokurist an 'ner Bank. Ich denk', ich kann zufrieden sein. Mit wem reist du denn eigentlich?« Sie drehte sich nach Dore um.

»Mit niemand.«

»Herrjeß, an dir ist wirklich Hopfen und Malz verloren gegangen. Na, adjes, dann wünsch' ich dir wenigstens, daß du nicht allein wiederkommst.« Sie gab Dore flüchtig die Hand, und nach einem letzten Blick in den Spiegel rauschte sie eilig hinaus.

Dann kam der Abend, wo Dore zum letzten Male spielte. Sie blieb auf der Bühne, bis die Lampen verlöschten und der eiserne Vorhang herunterrasselte. Dann ging sie in ihr Ankleidezimmer.

Vor dem Theater wartete Gollberg auf sie. Schweigend schloß er sich ihr an und geleitete sie nach Hause. Es war ein milder Maiabend, man fühlte, daß bald der Flieder blühen werde.

»Wenn Sie jemand brauchen, so wissen Sie, daß ich jederzeit für Sie da bin«, sagte Gollberg, einige Schritte vor Dores Haus sich verabschiedend. Ein herzlicher Händedruck und mit schnellen Schritten entfernte er sich.

Dore ging hinauf. Mit träumenden Augen packte sie Bücher, Bänder, Kleider, Bilder und Kästen.

Das Fenster war geöffnet und der Wind strich herein. Als letztes legte sie vorsichtig eine kleine Standuhr in den Koffer, sie war das einzige Geschenk, das sie von Bergmann erhalten hatte.

Dore ging spät zur Ruhe, und früh war sie wieder erwacht.

Gegen Mittag wollte sie reisen. Am Vormittag nahm sie eine große Summe von dem Geld, das sie gestern im Theaterbureau erhalten hatte, und fuhr zu einem Wäschegeschäft.

Lächelnd starrte sie auf die zierlichen Wäscheberge, die von der Verkäuferin vor ihr aufgestapelt wurden. Neben ihr machten zwei andere junge Frauen ihre Einkäufe, sie grüßten sich alle drei mit glücklichem Lächeln. Das Allerbeste und Schönste kaufte Dore. Sie sah unverwandt auf die kleinen Hemdchen, es war ihr nicht möglich, sie hier in Gegenwart der anderen zu berühren, so sehr ihre Finger auch nach ihnen zuckten.

»Wohin darf ich die Sachen senden, gnädige Frau?«

Dore fuhr zusammen.

»Fräulein – Frau Minna Faber, Schlachtensee, Seestraße.«

Dunkel errötend verließ sie hastig den Laden.

Einige Stunden später saß sie im Zuge und hatte abgeschlossen mit dem, was hinter ihr lag.

Der fröhliche Frühling hatte sich wieder verkrochen, der Kiefernwald bog sich knarrend im Wind, und Regengüsse klatschten von dem grauen, windzerzausten Himmel.

Dore lag fröstelnd in dem kleinen, halbdunklen Zimmer und horchte auf den Regen und den Wind. Eine hilflose Schwäche war den Tagen der Aufregung und der erzwungenen Festigkeit gefolgt. Müde, mit halbgeschlossenen Augen, lag sie auf dem alten, einstmaligen Staatssofa der Familie Faber. Frau Faber war geschäftig um Dore bemüht, und trotz Dores Widerrede hatte sie ihren alten Freund, den Doktor Winkler, geholt. Seine Verordnung lautete:»Ruhe, viel Ruhe und Schlaf.«

»Mut, kleine Mamsell«, hatte er beim Fortgehen geknurrt und Dores Hand gedrückt.

Minna Faber hatte ihm erzählt, soviel sie zu berichten hatte. Zu ihrem Verdruß wurde Dore, die sonst lieb und freundlich zu der betulichen Alten war, unnahbar, wenn diese versuchte, sie ein wenig auszuhorchen. Instinktiv wagte sie nicht, an Dores Herzensangelegenheit zu rühren, aber gern hätte sie etwas von den Eltern und von ihrem früheren Leben erfahren. Vielleicht war etwas matronenhafte Neugier dabei, aber sicherlich war nicht zum wenigsten die mütterliche Zärtlichkeit, die sich des einsamen Herzens rasch bemächtigt hatte, der Grund dieser Wißbegierde.

Wenn die kleine, bescheidene Frau strickend oder häkelnd neben dem schlafenden oder im Halbschlaf dämmernden Mädchen saß, empfand sie eine tiefe Rührung, und sie dachte oft, was eine Mutter empfinden müsse, wenn sie so neben ihrem Kinde sitzen würde.

Dore hatte ihr auf eine vorsichtige Frage einmal mit abgewandtem Gesicht geantwortet, daß sie keine Eltern, überhaupt keine Verwandten habe.

Klingelte die Ladentür, dann sprang Frau Faber wie elektrisiert auf und eilte in den nebenanliegenden Verkaufsraum. Sie sah nicht, wie Dore zusammenzuckte bei dem schrillen Glockenton. Er erinnerte sie an das Zeichen des Regisseurs oder an die Stunde in Bergmanns Zimmer, als Rhea Günter vergebens Einlaß begehrte.

Kam Frau Faber geschäftig zurückgeeilt, fand sie zu ihrer Betrübnis Dore in stillem Weinen, das Gesicht in die Kissen versteckt. Dann streichelte sie Dores Hände und erzählte mit heiterer Ausschmückung, was sie soeben im Laden verkauft hatte. Aber Dore blieb schweigend. Sehr häufig sprach Dore vom Tode.

»Die ganze Welt, was in ihr bis zum heutigen Tage geschehen ist, alles können unsere Gedanken umfassen, eine grenzenlose Sehnsucht nach Licht und Sonne wohnt in uns, solange wir atmen. Aber vielleicht schon eine Minute später haben wir in einer Kiste Platz, und der leblose Leib kann mißhandelt, bespieen, durch den Kot geschleift werden.« Ihr Körper schüttelte sich vor Entsetzen.

Frau Faber versuchte zu lachen.

»Dummes Ding«, sagte sie, »sich mit solchen Gedanken zu plagen, wenn man jung ist. Da wäre ich wohl näher daran, an so etwas zu denken.«

Dore schüttelte den Kopf und weinte. »Ich fühle es, ich stehe mit einem Fuß im Grabe. Es hat mich ja auch niemand lieb auf der Welt. Es braucht mich niemand.«

»Dummes, dummes Ding«, sagte Frau Faber und sah voll Liebe auf das liebliche Gesicht.

Wenn Dore dann wieder schlief, streichelte sie leise das lockige Haar, das sich über die Kissen zu ihr herüber ringelte. Sie war glücklich, wieder für jemand sorgen zu dürfen, wenn sie auch merkte, daß Dores Gedanken nicht bei ihr waren. Schon Dores sanften Atem zu hören, gab der Einsamen Frieden und Trost.

»Was glauben Sie, würde meine Mutter tun, wenn sie wüßte, wie es mir ergeht?« fragte Dore einmal, indem sie sich plötzlich aus ihrer liegenden Stellung aufrichtete. »Hegen und pflegen würde sie Sie natürlich«, sagte Frau Faber erstaunt.

»Wer weiß, sie würde mich vielleicht hassen.«

»Aber Mädchen!« Frau Faber warf entrüstet den Strickstrumpf in den Schoß. »Eine Mutter! Wenn ich eine Tochter gehabt hätte oder gar einen Sohn« – die matt gewordenen Frauenaugen glimmten auf –, ein Mörder hätte er sein können, ich hätte ihn ans Herz gezogen. Hassen?«

»Sie wissen, in manchen Kreisen opfert man alles der Rücksicht auf andere.«

»Aber doch Mütter nicht ihre Kinder. Das glaube ich einfach nicht.«

»Was hätte Ihre Mutter gesagt?« fragte Dore weiter.

»Ja, das ist wahr –.« Frau Faber wurde nachdenklich. »Ja« – sie kratzte sich eine Weile mit der Stricknadel hinter dem Ohr. Als sie keine Antwort fand, gab sie sich einen Ruck und sagte: »Aber lassen wir das Schwatzen, das Mädel trinkt jetzt eine Tasse Kakao.«

Sie erhob sich eilig. Grübeln war nicht ihre Sache. Wenn die Gedankengänge gar zu kraus laufen wollten, kehrte sie rasch zu den glatten, geraden Wegen der Alltagsgedanken zurück. Den ganzen Mai lag Dore traurig und still da. Die Tage glitten vorüber, sie zählte sie nicht.

»Was ist heute für ein Getrappel vor dem Fenster. Es scheint, als ginge die ganze Welt spazieren«, fragte sie sich eines Morgens matt.

»Es ist Pfingstsonntag, Kindchen. Sie wissen doch, daß ich in den letzten Tagen, statt viel bei meinem Mädchen sein zu können, Pfingstkarten verkaufen mußte.«

»Ich hatte es vergessen«, sagte Dore und legte sich wieder still mit abweisendem Gesicht zurück.

Pfingsten! Sie dachte an die Pfingstausflüge, die sie als Kind mit den Eltern und Schwestern gemacht hatte. An den Pfingstsonntag, als Backfisch, an dem sie schon im Morgengrauen zu putzen begann, weil sie in der Kirche, wohin die Mutter wollte, einen Kadetten zu sehen hoffte, für den sie schwärmte. Sie erinnerte sich, wie sie damals, als sie sich im Glockengeläute der Kirche näherten, sich als Wundervolles ausmalte, einmal an einem Pfingstfest Braut zu sein. Bis schließlich, als sie erwachsen war, auch dieses Frühlingsfest nur eine Reihe öder Tage mit steifen Geselligkeiten bei diesen oder jenen Bekannten wurde.

Frau Faber in ihrem schwarzen Feiertagskleide, ein großes goldenes Kreuz um den Hals gehängt, seufzte viel. Die kleine Dore wollte heute gar nichts genießen. Von der Straße drang helles Mädchenlachen in das stille Zimmer.

»Wie froh sie sind«, sagte Dore. »Heute sind gewiß alle in weißen Kleidern?«

»Ja, Kind, das sind sie, aber es ist hundekalt, sie haben nicht viel Vergnügen davon«, war Frau Fabers schmunzelnde Antwort. Dores wegen freute sie sich geradezu über das abscheuliche Pfingstwetter.

Kurz nach Pfingsten, ganz ohne Übergang, war auf einmal der Sommer da. Die Luft war warm, der Himmel war blendend blau, und die Erdbeeren blühten.

Dore saß am Fenster.

»Wirklich, ich glaube, es ist Sommer. Niemand trägt Gummischuhe. So prophezeit man aus der Froschperspektive das Wetter.« Dore lachte auf.

Obgleich Frau Faber ein wenig gekränkt war, daß Dore über die niedrige Wohnung spottete, lachte sie mit, weil sie froh war, Dore einmal lachen zu hören.

Der Doktor kam.

»Nun, Mamsell, hinausspaziert in den Sonnenschein.«

»Ich, hinaus?«

Als Dore den Hut befestigte, sah sie seit langer Zeit wieder in den Spiegel. War sie das wirklich? Die schlanken Linien waren verschwunden. Aber sie fand keinen Schmerz. Die Freude auf das Kind war erwacht.

Draußen im Sonnenschein wurde sie lustig und lebhaft. »Nun bin ich wieder gesund und gehe den ganzen Tag in die Sonne«, rief sie heiter.

Wirklich schien wenige Tage darauf die ganze Leidenszeit vergessen zu sein. Dore saß in einem kleinen Waldrestaurant, beschäftigte sich mit dem Studium von Hebbels ›Judith‹ oder las Goethe. Darüber konnte sie Gegenwart und Zukunft vergessen.

Die Fenster der Häuser schlossen sich, die Straßen wurden ruhig. Die Bewohner der flachen, sandigen Mark stillten ihre Sehnsucht nach Meer und Gebirge,

Frau Faber konnte ihren kleinen Laden getrost ein paar Stunden am Tag schließen, um Dore in den Wald zu begleiten.

»Das ist meine Sommerreise«, sagte sie dazu.

Der Wald stand im schwülen Schweigen unter dem sommerblauen Himmel, die Kiefern dufteten im Sonnenbrand, und die Insekten surrten. Dore lag mit geschlossenen Augen im Moos und ließ sich von der leisen Stille überrieseln.

Sie dachte an den brennenden Meersand und die rauschende Brandung. Da ging wohl Bergmann weiß gekleidet, den leichten Hut tief in das gebräunte Gesicht gedrückt. So hatte sie ihn im vorigen Jahr täglich gesehen, als sie sich nicht einmal bei Namen kannten.

O diese Schwüle, Tag und Nacht sehnte sie sich nach dem Meere.

Immer wieder kamen Tage, wo sie ganz hoffnungslos und verzweifelt war. Wo der Gedanke, daß sie sterben und das hilflose Kind allein, fremd, zu niemand gehörig zurücklassen könne, sie dem Wahnsinn nahe brachte. Ohnmächtige Angst durchschüttelte sie. Und war es für dieses hilfloses Geschöpf nicht ohnedies ein Unglück, geboren zu werden?

Und dann brauchte nur eine schöne, weiße Wolke langsam am Himmel vorüberzuziehen, ein Büschel roter Erdbeeren sich aus dem Moose zur Sonne zu recken, und Jubel erfüllte Dores Herz. Soviel Glück gab es in dieser Welt. Es lohnte sich zu leben. Für jeden. Wieviel Glück würde auch durch ihres Kindes Herz ziehen.

Die klaren, frischen Septembertage kamen und brachten Dore Heiterkeit und Kraft. Die Zeit war bald erfüllt, und mit festem Mut sah sie in die Zukunft.

An einem braungoldenen Oktobertage sagte Dore mit schwachem Lächeln: »Mutter Faber, jetzt überziehe ich das kleine Bettchen, gehen und holen Sie unseren guten Doktor Brummbär.«

Die Stunden rannen, nur selten kam ein ächzender Laut über Dores zusammengepreßte Lippen. Im Ofen heulte der Herbstwind, und die Lampe brannte flackernd und unruhig.

Frau Faber hatte den Docht mit zitternden Händen geschnitten. Im ganzen dichtbewohnten Hause herrschte die Stille der Nacht.

Als die kleine Uhr auf Dores Nachttisch klirrend die dritte Stunde anmeldete, durchdrang ein quäkendes Weinen den Stundenschlag.

»Ein Prachtsohn, tapfere kleine Mama«, sagte der alte Doktor mit feuchten Augen.

Frau Faber sah mit Bewunderung auf das rote, zappelnde Wesen.

Das Badewasser plätscherte, die kleine Stimme übte sich und wurde kräftiger, Wäsche raschelte, und der Doktor und Frau Faber liefen geschäftig hin und her.

Grenzenlos matt horchte Dore auf jeden Laut. Wenn sie dem kleinen Geschöpf nur nicht wehe taten, es nicht drückten oder gar fallen ließen.

Endlich, endlich legte man es ihr in den Arm. Sie sah unverwandt in das kleine, faltige Gesicht. Große blaue Augen starrten sie daraus an, Bergmanns Augen.

Ganz vorsichtig strich sie über die flaumzarte Wange. Dann legte man das kleine Bündel dicht neben ihr in das weiße, niedere Bettchen. Dore fiel in Schlummer.

Der Doktor löschte die Lampe und sagte zu Frau Faber: »Morgen früh bin ich wieder da. Schlafen Sie hier auf dem Sofa, und ruhen Sie sich aus, Frau Assistentin.«

Frau Faber schüttelte den Kopf und sagte energisch: »Ich wache.« Und sie setzte sich auf einen Stuhl in die Nähe der anderen Schläfer.

Aber als das erste Morgenlicht neugierig durch die Fenster lugte, mischte sich Frau Fabers leises Schnarchen friedlich mit den Atemzügen der jungen Mutter und dem raschen Pusten des schlummernden Neugeborenen.

Traumhaft stille Tage glitten über Dore, in denen sie wohlig müde in den Kissen lag und nichts Besseres zu tun wußte, als das kleine, lebenskräftige Geschöpf an ihrer Seite zu betrachten.

»Nicht mehr allein, nicht mehr allein«, jauchzte es in Dore. Es gab ein Wesen, das ihrer bedurfte. Ein Wesen, das ihr das wundervolle, glühende Leben verdankte.

Frieden und Ruhe brachten diese schweigsamen, nachdenklichen Stunden.

In das verdunkelte Zimmer klang von der Straße her das Jauchzen der spielenden Kinder, die jubelnd papierne Drachen vom Herbstwind jagen ließen. Im Laden nebenbei gingen die Leute ein und aus. Frau Faber verkaufte mit hochrotem Gesicht Federn, Löschpapier und Hefte. Der Semesteranfang in den Schulen ließ das kleine Geschäft blühen.

Aber nicht darum war Minna Faber wie in Freude getaucht. Sie glühte vor Stolz und Liebe, ganz als wäre sie wirklich Großmutter geworden. Nein, das hatte sie nicht gedacht, daß sie doch noch einmal lernen sollte, wie man einen Säugling wickelt, aber sie tat es mit großem Geschick und sagte zu Dore, während sie behutsam, mit jugendlichen Bewegungen das zarte Körperchen in das weiche Leinen hüllte: »So wird doch jedem ein Stückchen Glück bescheert.«

»Gute Mutter Faber«, sagte Dore leise, und die Sehnsucht nach der eigenen Mutter brannte. Immer drängte sich ihr der Wunsch auf, der Mutter zu schreiben.

Und wie sehnte sie sich danach, Bergmann alles mitzuteilen. Lange Briefe an ihn setzte sie in Gedanken auf. Doch am Schreiben hinderte sie die Furcht, er könne denken, es geschehe, um ihn zu fesseln oder wenigstens zurückzurufen.

Aber ihrer Mutter sandte sie eines Tages doch einen Brief. Sie schrieb: »Mutter, nun bin ich auch Mutter geworden, und ich habe dir einen Enkelsohn geboren. Willst du nicht kommen und ihn sehen?«

Sie war ganz gekräftigt, saß aufrecht im Bett und immer stärker wurde die Freude auf die Zukunft.

An einem Morgen erhielt sie einen Brief, auf dem sie sofort ihres Vaters Handschrift erkannte. Zagend öffnete sie ihn.

In den großen, korrekten Buchstaben der preußischen Beamtenschrift stand da geschrieben: »Ich verbitte mir hiermit ein für allemal, mein anständiges Haus durch taktlose Mitteilungen zu besudeln. Ich schreibe dies auch im Namen meiner Frau. Viktor Brandt.«

Am Abend hatte Dore hohes Fieber. Der Doktor lief knurrend ein und aus und hatte den Brief, den Frau Faber vor dem Bett gefunden und ihm gezeigt hatte, wütend zerfetzt. Das waren atembeklemmende Tage und Nächte. Frau Faber verlor manchen Kunden in dieser Zeit, denn sie verwechselte rote und schwarze Tinte oder gab Reißnägel statt Federn.

In einer Abendstunde, als sie schon mit dem Tagewerk fertig zu sein hoffte, um ungestört bei Dore und dem Kinde sein zu können, schrillte noch einmal die Ladenklingel. Eine schmächtige, schwarzgekleidete Frau kam zögernd die Stufen zum Laden herunter.

Frau Faber stand auf müden Beinen schon wieder hinter dem Ladentisch und fragte höflich ihr gewohnheitsmäßiges ›Womit kann ich dienen?‹

»Danke sehr. Ich, ich bin – bin ich hier recht bei Frau Minna Faber?«

Diese kam hinter dem Ladentisch hervor und nickte zustimmend.

»Wo ist meine Dore?« Wie ein Schrei stieß es die Fremde plötzlich heraus.

Frau Faber war erschreckt einen Schritt zurückgewichen.

Eine stumme Weile maßen sich die beiden Frauen mit den Augen. Beide waren sie schlank wie Mädchen, und beide fanden sie in dem Gesicht der andern den stillen Zug der vom Leben getäuschten Frau.

»Wo ist Dore?« fragte die Fremde noch einmal.

»Dort nebenan, schläft jetzt. Fiebert, darf nicht gestört werden. Kommen Sie morgen wieder«, stieß Frau Faber hervor. Sie hatte die Empfindung, sich gegen eine Beraubung wehren zu müssen.

»Mein Mann ist im Manöver, ich kann des Nachts über hierbleiben«, antwortete die andere und errötete wie ein Mädchen, denn es war die erste Heimlichkeit ihres Lebens.

»Wenn ich behutsam hineinginge und wartete? Das Kind sehen dürfte?«

Frau Faber öffnete vorsichtig und ließ Dores Mutter allein hineingehen. Dann schloß sie wieder sorgsam die Tür. Sie horchte ängstlich. Alles blieb still. Nur ganz gedämpft hörte man jetzt leise Schritte, die sich dem Kinderbett zu nähern schienen.

Zwei große Tränen rollten über Frau Fabers Gesicht. Wieder stand sie draußen. Das Herz tat ihr weh.

Gegen Morgen erwachte Dore aus dem Fieber, und als sie die Augen aufschlug, begegnete sie gerade dem Blick der am Bett sitzenden Mutter.

Frau Faber horchte bang auf das Schluchzen der beiden Frauen. Sie sorgte sich um Dore und hatte zugleich eine kindliche Angst vor dem heftigen Doktor Winkler, der jede Aufregung streng verboten hatte, und der jeden Augenblick erscheinen konnte.

Endlich faßte sie Mut und ging hinein. Die Erregung legte sich allmählich, und als eine gute Zeit später Doktor Winkler nach nur kurzem Klopfen eintrat, fand er drei lächelnde Frauengesichter über das Neugeborene gebeugt, das nackt auf Dores Bett lag und wegen seiner runden Zartheit dreistimmig bewundert wurde. Golden leuchteten Dores Haare zwischen den ergrauten Scheiteln der anderen.

Als die Mutter dann Abschied nehmen mußte, war man überein gekommen, daß die Besuche oft wiederholt werden sollten. An der Tür wendete sich die Mutter noch einmal nach Dore und dem Kinde zurück, ein junges, fast übermütiges Lächeln huschte dabei über ihr feines, schmales Gesicht. –

Schon bald darauf saß Dore mit ihren Büchern am Fenster, und wenn Peter Brandt erwachte, nahmen ihn die jungen, schlanken Hände seiner Mutter aus den Kissen.

Nicht lange, und leichtfüßig, jung und zukunftsfroh schritt Dore über das bunte, raschelnde Laub der Eichen und Buchen, die den schmalen, grünlichen See als bunter Saum von dem düsteren Kiefernwald trennten.

Es war nicht sehr viel Überredungskunst notwendig gewesen, Minna Faber zu bewegen, mit Dore nach Berlin überzusiedeln.

Sie sagte zwar zuerst mehrere Male des Tages seufzend: »Glaube mir, Kindchen, der kleine Laden ist mir ans Herz gewachsen.«

Aber dann lachte Dore und sagte jedesmal schelmisch: »Und Peter und Dore?«

Worauf Frau Faber lächelte und ratlos den Kopf schüttelte.

Nun verkündete schon längst ein roter Zettel über dem Schaufenster, daß Wohnung und Laden zu vermieten seien. –

Dore fuhr nach langer Zeit zum erstenmal wieder nach Berlin. Sie ging an dem Hause vorüber, wo Frau Klinkerts Wohnung lag und sah zu ihrem einstigen Fenster hinauf. Sie schritt wieder durch die ihr vertraut gewordenen Straßen, und in einer von ihnen, am Rande des Tiergartens, suchte sie sich das erste Heim für ihren Sohn.

Sie kam nun oftmals in die Stadt hinein. Denn die Wohnung mußte eingerichet werden.

Es war Anfang Dezember, und wieder durchbrauste der Weihnachtstrubel die Straßen. Dore sah jubelnd dem Fest der Kinder entgegen und machte mit ernster Miene Weihnachtseinkäufe für den zwei Monate alten

Peter. Diesmal hatte sie viel zu schenken. Sie wußte manches, was die gute Mutter Faber erfreuen konnte. Und die eigene kleine Mutter sollte ganz etwas Besonderes haben.

An einem eisig kalten, sonnenhellen Vormittage ging Dore zu seiten der zugefrorenen Spree mit raschen, frohen Schritten dem Theater zu. Ihre Backen brannten vor Kälte. Ihre Augen blitzten vor Freude. Sie trug eine kecke, runde Pelzmütze auf dem welligen Haar und hatte die Hände in dem altmodischen Riesenmuff Minna Fabers vergraben, der bei ihr drollig kokett wirkte.

Sie klopfte an Direktor Gollbergs Tür, schlüpfte hinein und stand lachend vor dem vor Staunen Errötenden.

»Wenn Sie mich zum 1. Januar brauchen können?« sagte sie mit jubelnder Stimme.

Er holte statt aller Antwort ein dickes, blaues Rollenheft und legte es mit einer Verbeugung vor Dore nieder.

»Erstaufführung in der Mitte des Januar.«

Aber nun entstand doch eine verlegene Stille. Dore wollte reden und konnte nicht, und Gollberg wußte nicht, wie er fragen sollte, so schwiegen beide.

»Was ist es denn?« fragte Gollberg ungeschickt.

»Ein Sohn«, antwortete Dore laut, daß es im Zimmer widerhallte.

Und Gollberg sah mit einem zärtlichen Lächeln auf sie, als wäre er der Vater dieses Sohnes.

Dore teilte ihre neue Adresse mit, schob das Rollenheft unter den Arm und sagte: »Auf Wiedersehen auf der Probe.« An der Tür sah sie sich noch einmal um und rief: »Das ist ein anderer Abschied wie damals!« Und lachte und nickte und glitt hinaus.

Die Schneeflocken tanzten um Minna Fabers Hausrat, als der kleine Möbelwagen, der ihn trug, am Saum des Grunewaldes entlang wackelte. Aber ganz versteckt vor ihnen, in eine weiche, wollene Decke gehüllt, verließ

Peter Brandt zum ersten Male sein Geburtshaus, um schlummernd an dem Herzen seiner Mutter in Berlin einzufahren.

Weihnachten war man schon wohl und behaglich in der neuen Wohnung eingerichtet. Die alten Mahagonimöbel aus Frau Fabers Häuslichkeit, unter denen es noch Erbstücke aus ihrem Vaterhause gab, wirkten neben dem hellen Schlafzimmer von Dore und Peter wie eine wohlbeabsichtigte Abtönung. Es konnte nicht viel behaglichere Wohnräume geben als das viereckige Wohnzimmer mit dem großen, runden Mahagonitisch vor dem schwerfälligen Sofa, mit den hochlehnigen und doch bequemen Stühlen, der schlanken Standuhr mit dem schön gezeichneten Ziffernblatte und dem Raritätenschränkchen, hinter dessen blanken, bauchigen Scheiben man neben den Silberschalen und dem alten Porzellan auch die goldene Tasse sehen konnte, die Friedrich der Große einem Urahn von Minna Faber geschenkt hatte.

Nun leuchtete von der Mitte des breiten Tisches der lichterstrahlende Tannenbaum. Vor ihm stand Dore im weißen Kleide, ihren Peter im Arm. Des Kindes blaue Augen starrten neugierig in das Lichtergeflimmer. Minna Faber bewunderte beglückt ein schwarzseidenes Kleid und andere gute Sachen, bis sie geschäftig in die Küche lief, um den Weihnachtskarpfen zu kochen.

Dore legte das Kind schlafen, strich leise über das runde Köpfchen mit dem spärlichen Haar und flüchtete in ihr Zimmer. Der Tannengeruch war auch hierher gedrungen. Von der Küche hörte man das Geklapper von Tellern und Deckeln, sonst war alles still und lautlos in der Wohnung.

Eine bange Sehnsucht durchschnitt Dore das Herz. Sie dachte an das Weihnachten des vorigen Jahres. Alle

Qualen, die zwischen damals und heute lagen, wollte sie noch einmal auf sich nehmen, wenn sie es zurückrufen könnte.

Sie ging zu dem Kinde hinein und setze sich an sein Bett. Ruhig schlief es, unbewußt der Zeit und des Lebens. Sie liebte es heiß und angstvoll, und doch, die Sehnsucht nach dem Geliebten konnte es nicht bannen. Seit Dore wieder in den Mauern Berlins war, lebte Bergmann schattenhaft neben ihr. –

Mit schmerzendem Herzen saß sie der glücklich schwatzenden Frau Faber am Abendtisch gegenüber und lobte den wohlgelungenen Karpfen. Die brennenden Lichter des Baumes taten ihren Augen weh, und sie fühlte sich alt wie die schweren Möbel und die langsam pendelschwingende Uhr – zeitlos alt. –

Auch die Festtage gingen vorüber, und Dore war froh, als das neue Jahr begann, und daß die Stunde kam, wo sie wirklich und wahrhaftig wieder auf der Bühne stand.

Wenn sie des Morgens ihr liebliches Kind gebadet hatte, eilte sie in die Probe. Am Nachmittag hatte sie häufig Gäste. Die Mutter kam, Gollberg und Käte Anker tranken eine Tasse Tee bei ihr. Mara Jäger guckte zu ihr hinein.

Auch Hans Jäger saß hier und da einmal in der Dämmerung in einem der alten Lehnstühle Dore gegenüber. Aber niemals kam er zusammen mit Mara. Wenn er bei Dore saß, war er der alte, überschwängliche Hans Jäger, der nur in Superlativen sprach und dachte, sich an seiner verschnörkelten Rede berauschte und alles um sich her vergaß. Die Zigarettenasche wurde in die Zuckerdose gestäubt, die Teetasse im Eifer der Rede auf den Tisch geschlagen, als wäre sie aus Eisen, und die Serviette dermaßen geknüllt und geballt, daß Minna Fabers Hausfrauenaugen sich weiteten.

Mara war fast zur gleichen Zeit wie Dore Mutter geworden, aber die einstigen Freundinnen hatten trotzdem nichts Gemeinsames mehr. Maras Mutterliebe äußerte sich darin, daß sie ununterbrochen von Windeln und Verdauung sprach, und wenn sie vor sich hin sann, so war es sicher, um die Speisenfolge für das Mittagessen oder Abendmahl zu überlegen.

Dore war es unbegreiflich, wie Mara neben diesem Schwärmer von Mann so rasch alltäglich werden konnte. Erst als sie die beiden häufiger in der eigenen Häuslichkeit gesehen hatte, verstand sie es. Für alle Tage war Hans Jäger ein wichtiger Hausvater, der etwas Gutes auf dem Tisch haben wollte und es sich bei gleichmäßig temperierter Zärtlichkeit wohl sein ließ.

Dore hatte den Tag ihres Wiederauftretens kaum erwarten können. Von dem ersten Augenblick an, da sich nach des Kindes Geburt wieder Hoffnung und Jugendkraft zu regen begann, hatte diese Stunde leuchtend vor ihren Augen gestanden. Als sie nun da war, war sie mit bleierner Zärtlichkeit erfüllt.

Dore suchte vergebens nach der Selbstverständlichkeit, mit der sie im vorigen Jahre herausgetreten war und unerschrocken ihren großen Erfolg hingenommen hatte. Damals hatte sie eben in lachender Stärke empfunden, daß ihr außerhalb ihrer Liebe gar nichts geschehen könne.

Jetzt aber hemmte das schwere Glück ihrer Mütterlichkeit, das so eng mit Schmerz und Sehnsucht verbunden war, die Schwingkraft ihrer Jugend. Ein Gefühl der Schwere, die Empfindung, als laste eine Hand drückend auf ihrer Schulter, verließ sie auch auf der Bühne nicht, trotzdem sie hier, ganz ihr eigenes Ich vergessend, gleichsam in die Haut eines Menschen schlüpfte, den sie für die nächsten Stunden darzustellen hatte.

Als sich am Abend der Vorhang langsam teilte und sie in den dunklen, schweigenden, von Menschenatem durchbebten Raum herabsah, meinte sie, plötzlich ohne Halt vor einem schwarzen Abgrund zu stehen. Aber zu ihrer eigenen Verwunderung sprach sie, statt mit einem Schrei davon zu laufen, ruhig wie unter strengem Zwang, mit einer Zunge, die am Gaumen zu kleben schien, die ersten Worte ihrer Rolle. Nach und nach verschwand die bedrückende Angst, aber Dore brachte es zu keinem bedeutendem Erfolge an diesem Abend. Es fehlte der zündende Funke.

»Ich glaube, ein Weib kann nur siegen, wenn es sich geliebt weiß«, sagte Dore traurig lächelnd am anderen Tage zu Gollberg, der ihr wie jetzt häufig in der Dämmerung gegenüber saß.

»Sind Sie so sicher, daß Sie nicht geliebt werden?« antwortete er leise.

Dore hob den Kopf und warf einen raschen Blick auf ihn. Sie erwiderte nichts.

Sie sprachen nicht mehr viel, und bald verabschiedete sich Gollberg für heute.

Dore war unruhig und gequält. Der Mißerfolg drückte sie, und wenn der Klang in Gollbergs Stimme nicht getäuscht hatte, dann würde sie diesen Freund verlieren. Sie liebte ihn nicht, so lieb und teuer er ihr war.

Zum ersten Male ließ sie Minna Faber den kleinen Peter zur Ruhe legen. Sie konnte der Versuchung nicht widerstehen, sie fuhr in das Café Metropol.

Bald ein Jahr war sie nicht dort gewesen, aber als sie es betrat, schien es ihr, als hätte sie es gestern verlassen. Dieselbe Tafelrunde war vereint. Wenn man genauer zusah, fand man ein paar fremde Gesichter und dazwischen ein paar alte vielleicht weniger; aber da lächelte Ingler, von dort dröhnte Rinkels sonore Stimme, da schrieb Haller seine Verse, da saß Grete

Hollwitz zwischen ihm und Liebrecht, der im heftigen Wortgefecht wütend seinen struppigen Bart mißhandelte.

»Die Arbeit ist kein Frosch, sie huppt uns nicht davon«, hörte ihn Dore schreien, als sie sich ein wenig fremd fühlend neben Ingler niederließ. Die Lichterflammen tanzten vor ihren Augen, sie wagte nicht, um sich zu blicken, aus Furcht, den zu finden, den sie so brennend zu sehen wünschte. Sie lachte und schwatzte und hatte doch nur die Tür im Auge. Wie damals, als sie nicht wußte, daß sie wartete.

Aber Ernst Bergmann kam nicht und niemand sprach von ihm, obgleich sich Dore sogar in Klatschgeschichten mischte, nur um das Gespräch auf das Theater zu bringen, dessen Mitglied Bergmann war.

So litt sie vergeblich viel Peinliches, denn man neckte sie ob ihrer Freundschaft mit Gollberg, man sprach über ihren langen Urlaub, und sie wußte nicht, was man von ihr erfahren hatte und wieviel Ernst bei dem Scherz war.

Als sie endlich das peinliche Warten aufgab und das Café mit der unangenehmen Aussicht auf einen baldigen Besuch von Grete Hollwitz verließ, war es ihr vollkommen klar, daß sie hier nicht mehr hingehörte.

Wenn Dore des Abends aus dem Theater zurückkehrte, ging sie an das Bett des Kindes, und oft saß sie viele Stunden in dem weißen, halbhellen, stillen Zimmer, in dem nichts als der ruhige Atem des gesunden Kindes zwischen dem gleichmäßigen Ticktack der Schwarzwalduhr zu hören war.

Hier fand sie nach des Tages Wirrnis Frieden und Klarheit. Hier fühlte sie das Recht auf jene Sehnsucht, die ihre Lippen nach Küssen brennen ließ, die trotz aller Mühnis des Verstandes nicht abzuschütteln war. Und hier in der Stille dünkte es sie auch keine Schande, daß sie die kecke Sicherheit des Mädchentums nicht wiederfinden konnte und zaghaft und unsicher geworden war, seit sie die Bürde der Liebe trug.

Eine maßlose Liebe erfüllte sie, wenn sie den fest in die Kissen gedrückten kleinen Kopf mit dem goldgelben Haar über der hellen Stirne und den schlafroten Wangen betrachtete. Sie konnte wilde Gebete für ihn stammeln, drohen und flehen zu jenen unbekannten Schicksalsmächten, die hinter unserem Rücken lauern.

Sie leben zu einsiedlerisch«, sagte Gollberg eines Tages im Gespräch. »Sie müssen sich ein wenig in den Strom der Welt werfen. Es fehlt Ihnen der fliegende Puls, den der Künstler von heutzutage braucht.«

»Sie haben recht, ich bin eine müde Frau. Denken Sie, täglich bekomme ich eine Einladung zu irgendeinem üppigen hebräischen Salon« – sie brauchte so gern Worte, die Bergmann gesprochen hatte –, »aber ich denke nicht daran, ihr zu folgen. Ich wüßte gar nicht mehr, wie ich mich da bewegen sollte.«

»Ja, es ist Zeit, daß Sie sich wieder ein bißchen verlieben. Nehmen Sie mich zum Beispiel. Ich glühe immer, ich könnte nicht leben ohne ein kleines Wohlgefallen, das ich heute zu dieser und morgen zu jener empfinde. Sie aber sind eine Amphibie und reagieren auf nichts.«

»Eine Amphibie? Mir scheint, ich bin ein Weib, das ist alles. Sie sollten mich nicht nach sich messen, Direktor. Ich glaube nicht mehr an eine Gleichstellung der Geschlechter. Ihr seid Ihr, und wir sind wir. Wir kommen auf anderem Wege wie Ihr ins Verderben, auf anderem Wege zu unserer Vervollkommnung und Größe. Wir stehen der Natur viel näher als Ihr.«

»Und damit auch der Kunst. Das mag sein.« Gollberg blies nachdenklich den Rauch seiner Zigarette in das

Zimmer und schaute schweigend zu, wie er auf- und niederwogend im Raum verschwand.

»Eine starke Begabung wieder einmal in einem echten Weibe, vielleicht ist dies der ganze Zauber, Dore Brandt?« sprach Gollberg nach einer stillen Weile.

»Wir wollen von etwas Erfreulicherem reden«, antwortete Dore, lächelnd den Kopf zurückwerfend. »Wo ist Käte Anker? Ich habe sie seit Wochen nicht gesprochen?«

»Käte Anker wird sich nächstens mit dem blonden Werner vermählen«, sagte Gollberg ruhig, indem er Dore voll ins Gesicht blickte.

»Ach!« Dore wurde dunkelrot. »Das kann doch erst seit kurzer Zeit beschlossen sein?«

»Der Weg zum Standesamt ist immer kurz. Lange Wege, die Zeit zum Nachdenken lassen, die – führen daran vorbei.« Gollberg lachte kurz auf.

»Ja, ich glaube, daß Käte Anker sehr glücklich wird«, fügte er nach kurzer Zeit hinzu. –

Sie saßen sich schweigend gegenüber. Die Dämmerung füllte allmählich das ganze Zimmer, und man sah nur die dunklen Umrisse der Gestalten und Möbel. Gollbergs Zigarre glimmte als kleines Leuchtfeuer in das Dunkel.

»Also, Sie sind keine Amphibie«, unterbrach Gollberg endlich das lange Schweigen. Seine Stimme war belegt, und er räusperte sich häufig. »Keine Amphibie, sondern ein Weib. Ein Weib aber kann man begehren, Dore, und ein Weib wie Sie sind, begehrt man fürs Leben.« Er hatte sich zu Dore vorgebeugt, als suchte er in der Dunkelheit ihre Augen. »Ich nehme den kleinen Peter mit freudigem, ehrlichem Herzen.«

Bei diesen Worten sprang Dore auf.

»Genug davon. Ich bitte Sie«, rief sie leise und erregt. »Peter gehört mir nicht allein und ich mir auch nicht.

Niemals fühlte ich es deutlicher als in diesem Augenblick. Verzeihen Sie mir, ich habe Sie so herzlich gern.« Und sie griff in der Dunkelheit nach seinen Händen. Gollberg entzog sich ihr langsam.

»Wir wollen vergessen, was ich soeben geschwatzt habe«, sagte er dabei und wendete sich zur Tür. »Wir wollen uns beide nicht böse sein. Unbegreiflich seid ihr Frauen, unbegreiflich. Liebt, wo jeder Mann hassen würde.«

»Ich weiß nicht, warum ich hassen sollte«, gab Dore leise zurück. Ihre weiche Stimme, die aus der Mitte des Zimmers durch das Dunkel drang, schien den fernen Geliebten liebkosen und schützen zu wollen.

»Also vergessen wir«, wiederholte Gollberg und verließ rasch das Zimmer.

Als Frau Faber nach langer Zeit betulich mit der blendenden Lampe ins Zimmer trat, musterte sie unruhig die ihr den Rücken zudrehende Dore, aber sie wagte nichts zu fragen.

Frau Faber stand mit frohem Eifer Dores jungem Hausstande vor. Sie war dabei voller geworden, und ihre Augen hatten Glanz bekommen.

Seit sie Dore auf der Bühne gesehen, hatte sich zu ihrer Liebe ein breiter Stolz gesellt. Sie bewunderte Dore mit der ganzen gruseligen Hochachtung, die der Kleinbürger vor dem Geheimnis: ›Künstler‹ empfindet. Wie oft bedauerte sie, daß ihre einstigen Bekannten zerstoben oder gestorben waren, und sie vor niemand mit Dore prunken konnte. Aber sie versäumte wenigstens nie eine Gelegenheit, Dores Stellung hervorzuheben, und selbst als sie ein kleines Dienstmädchen zur Hilfe im Haushalt suchte, sagte sie im Mietskontor zu jeder Dienstmagd: »Ich suche ein Mädchen für eine berühmte Schauspielerin.«

Aber als sie ein solches erwischt hatte und das Mädchen zuzog, schien dieses keineswegs vor Ehrerbietung überwältigt zu sein. Nachdem es sich kritisch sein Zimmer beguckt hatte, band es sich eine weiße Schürze vor, und Frau Faber bei Seite schiebend, klopfte es energisch an die Türe von Dores Zimmer und trat ein.

Dore saß am Fenster, den kleinen Peter auf dem Arm.

»Ich bin die neue Bertha, ich wollte man nur fragen, wie ich sagen soll: ›Jnäd'je Frau‹ oder ›jnäd'jes Fräulein‹? Von wejen die illöjötimen Verhältnisse hier ins Haus«, fügte sie entschuldigend hinzu.

Dore sah das Mädchen an.

Aus dem grobknochigen, vollroten Gesicht sprach nur Verlegenheit und dreiste Dummheit. Die roten Hände zupften unruhig an der Schürze. Offenbar hatte ihr jemand angeraten, sich sofort nach der Anrede zu erkundigen, damit sie auf keinen Fall eine Unschicklichkeit begehe.

»Das können Sie halten, wie Sie wollen«, antwortete Dore lächelnd.

»Dann sage ich : ›Jnädje Frau‹, von wejen den Milchmann und sonste so im Haus. Wenn's einer hören dut von wejen dem Kinde.«

Dore sah ihr belustigt nach.

»Von wejen den Milchmann und sonste so im Haus. « Ja so war es. Der Milchmann, der Portier, die zufälligen Nachbarn oben und unten, neben und draußen, sie sind die Hüter jener öffentlichen Meinung, die der Mehrzahl der Menschen die Lebensweise bestimmt, die in den Tod treiben kann und Kinder mordet, ehe sie geboren werden.

Dore hob ihren Peter hoch und küßte ihn zärtlich. Vielleicht, weil Dore sich keine Mühe gab, einen Schleier um ihr Leben zu ziehen, drang wenig davon in die

Öffentlichkeit. Es wußte fast niemand, daß sie Mutter war. Auch Bergmann nicht.

Er lebte sein Leben für sich, wie er immer getan hatte, mit wie vielen ihn auch sein Weg zusammenbrachte. Die Ferien hatte er wie einen langen heißen Sommertag am Strande des Meeres verträumt. Allein mit sich und seinen Gedanken. Dore war ihm nicht aus dem Sinn gekommen. Er fühlte mit Wut und Zorn, daß das Gefühl für sie nicht so einfach abzutun war wie die anderen Empfindungen, die bisher sein Herz gestreift hatten. Es schien ihm, als ginge von Dores Liebe eine stille, lastende Macht aus, gegen die er sich zu wehren hatte. Er dachte mit einer Art von Haß an sie, denn er wollte zu niemand gehören, er wollte es nicht. –

Eines Tages machte Grete Hollwitz ihren angezeigten Besuch bei Dore, gerade als der kleine Peter ein wildes Schreikonzert gab. In ihrer derben Dreistigkeit drang Grete gleich bis in das Kinderzimmer vor, und ohne ein Erstaunen zu zeigen, bewunderte sie harmlos den runden Knaben.

Dore zog sie bald hinaus in das von Kaffeedunst erfüllte Wohnzimmer.

Gretes Augen gingen neugierig umher. »Imitierter Biedermeier«, sagte sie feststellend. »Dös is fesch.«

Es klingelte an der Wohnungstür, und Mara kam hastig herein. Sie sah blühend und frisch aus, aber das Haar war unsorgfältig frisiert, und der große Federhut schwankte wie ein ruderloses Boot einher.

Mara begrüßte die zierliche Grete, die in der hellgelben Spitzenbluse, die der enggeschnürte Ledergürtel von dem prall sitzenden schwarzen Seidenrock trennte, ruhig und ungeniert die verheiratete Kollegin musterte.

»Ihr müßt schon entschuldigen, ich bin nicht besonders in Toilette«, sagte Mara unwillkurlich unter diesem prüfenden Blick, aber mit vergnügtester Miene. »Ich kam nur mit einem Sprung herauf, ehe ich in das Mietsbureau muß. Ach, diese Dienstboten. Und die tägliche Hauswäsche. Was das Kind für Wäsche braucht. Siebzehn Windeln den Tag. Hans sagt, das macht sechstausendzweihundertundfünf im Jahr. Uff, ja.« Sie lachte. »Das wirst du auch noch kennenlernen!« rief sie mit wichtigem Lächeln zu Grete hinüber.

»Dank' schön«, erwiderte Grete trocken und schob ein großes Stück Streuselkuchen in den Mund.

Mara schwirrte bald wieder fort, nachdem sie noch in der Tür mit Frau Faber eine lebhafte Unterhaltung über die teuren Fleischpreise geführt hatte.

»Is recht fad geworden, die gute Mara«, bemerkte Grete. »Und doch, ich beneide Sie, daß sie verheiratet ist«, fügte sie seufzend hinzu.

»Du, Grete?« Dore lachte.

»Du siehst ja, was bei der freien Ehe herauskommt«, sagte Grete. Dore errötete. »Ich habe nichts von freier Ehe gesprochen«, erwiderte sie abweisend.

»Nun ja, nenn' es wie du willst. Wir Frauen sind immer die Genassauerten.«

»Aber Gretelein.«

»Natürlich, du nimmst mich auch nicht ernst. Schau, alle denken schlecht von mir. Aber du kannst es mir halt glauben, Dore, ich war jedesmal ehrlich verliebt. Aber die Männer? ›Meine Kontrahenten‹, wie dein Freund Gollberg sagen würde? Ich war gut genug, um ihnen über ein paar fade Stunden hinwegzuhelfen, aber eines Tages dann hieß es: Adieu, mein Kind. In der Ehe, da ist man geborgen. Da hat man jemanden, der einen nicht umkommen läßt.

Dös is was wert, wenn's auch wirklich auf die Dauer a bissel fad wird«, fügte sie ernst und nachdenklich hinzu.

»Also du hast einen Absagebrief und einen Heiratsantrag bekommen, kleine Grete mit dem Katzenjammer.«

Grete sah Dore bewundernd an und sagte dann, indem sie sich verlegen hin und her wandte: »Nun ja, weißt, der Haller will mich halt heiraten. Er verdient ja nit viel, weißt, mit der Lyrik is kein Geld zu schaffen. Aber ganz unbekannt is er doch auch nicht mehr, und schau, leben könnten wir schon von seinem Verdienst und meiner Gage zusammen. Dann werd' ich halt eben nit mehr bei Dressel soupieren. Was findest du fescher, einen breiten oder einen schmalen Trauring?«

»Einen breiten, einen sehr breiten«, rief Dore heiter, und Grete war glücklich, daß Dore gar nichts darin fand, daß die elegante Grete den magern Haller heiraten wollte. Froh beschloß sie, diese Tatsache nun den anderen Kollegen mitzuteilen. Sie wurde ganz redselig vor Vergnügen.

»Siehst, Dorel, die Geschichte mit der Käte Larsen ist mir zu Kopf gestiegen. Seit dem Sommer ist die Käte ohne Engagement und abscheulich heruntergekommen. Weißt schon – jeden Abend auf den Straßen. Mit einer, die früher am Schillertheater war und auch zum Theater gelaufen ist, ohne zu wissen warum. Im Leben kriegen die kein anständiges Engagement mehr. Und schau, Dorel, unter uns, mit meinem Talent is auch nicht weit her. Der Werkenthin hatte vielleicht nicht so unrecht, als er neulich auf der Probe wütend schrie: »Probiermamsell hätten Sie werden sollen, Probiermamsell.«

Grete ahmte vorzüglich die Stimme des jähzornigen Regisseurs nach.

Dore lachte. »Tröste dich, Gretel«, rief sie, »als ich kürzlich in einer der ersten Proben im Text stockte, brüllt er: ›Natürlich, die Diva bemüht sich erst gar nicht um die Worte. Sie ist da und lächelt, und das genügt. Die Diva ohne Worte‹, schrie er noch immer, als ich mich längst schon zurecht gefunden hatte und weitersprach.«

»Es lacht sich gut darüber nachher«, sagte Grete. »Ja«, erwiderte Dore, »im Augenblick selbst werde ich bleiern mutlos bei solchen Worten.«

»Ach du«, seufzte Grete. »Du brauchst nicht bange zu sein, Dore. Wenn du dir auch dein Leben ein wenig verpatzt hast.« Sie deutete nach der Tür des Kinderzimmers.

»Laß' das aus dem Spiel, Grete«, sagte Dore rauh. »Das verstehst du nicht.«

»Nix für ungut, Dorel, a jeder hat seine Lebensanschauung.«

Grete schied mit herzlichen Freundschaftsgefühlen von Dore. Trotzdem flog mit der Mitteilung ihrer Verlobung auch das Geheimnis von Dores Mutterschaft in die Welt hinaus. Eine solche Neuigkeit als erste erzählen zu dürfen, das konnte sich Grete nicht entgehen lassen, so sehr sie Dore zugetan war.

»Weißt du es schon? Deine frühere Freundin, die Dore Brandt, hat ein Kind, einen Buben«, zischelte Rhea Günter höhnisch Ernst Bergmann zu. Sie haßte ihn, weil er sie beiseite geworfen hatte wie einen alten Handschuh, weil er sie bei den Begegnungen im Theater behandelte, als hätte er sie niemals gekannt.

Bergmann fühlte eine Glutwelle durch seinen Körper jagen. Er hätte Rhea Günter ins Gesicht schlagen mögen. Wortlos, mit hochrotem Gesicht ging er an ihr vorüber und ließ sie stehen.

Die Worte hatten ihn gepackt. Sie verließen ihn nicht mehr. Er war nicht im Zweifel, wer der Vater von Dores Kind war, und Glutwelle auf Glutwelle jagte in sein Gesicht.

Warum wußte er so sicher, daß Dore niemand anderem angehört hatte? Warum stellte er Dore so hoch? Er, der die Frauen als guten Zeitvertreib betrachtete. Eine Betäubung für die grenzenlose Einsamkeit der Seele, aber bei Gott kein Heilmittel.

Planlos durchstreifte er den nächtlichen Tiergarten. Mutter war Dore geworden, hatte Qualen erlitten. Bei wem? Wo?

Es zuckte in seinem Herzen. Mutter! Er kam nicht mehr los von diesem Wort.

Auch am anderen Morgen, als er nach unruhigen Schlummer erwachte, konnte er nichts anderes denken. Als er auf die Straße hinausging, blickte er auf die Kinder, die ihm begegneten. Auch von ihm lebte ein Kind in der Welt. Ein Geschöpf, dem die junge, blühende Dore das Leben gegeben hatte. Unaufhörlich umkreisten seine Gedanken Dore und das Kind.

Indessen war Dores ganzes Fühlen und Denken auf ihre Kunst gerichtet. Man hielt Generalprobe ab, und diesmal mußte es gelten. Man spielte das Werk des wunderlichsten Dichters von heute, formlos, fehlerhaft war es, aber der Funke echter Kunst sprühte und knisterte darin. Dore hatte ihn aufgenommen, durch ihre Adern rann heiliges Feuer. Sie spielte nicht, sie erlebte und riß die kleine, aufmerksame Schar der Zuhörer mit sich.

Am Schluß der Probe holte sich jeder der Mitspielenden von Gollberg ein letztes Wort. Ruhig, liebenswürdig hielt er Kritik ab.

Als Dore an ihn herantrat, nickte er ihr freundlich zu.

»Gut, Dore«, sagte er. »Ganz wieder auf festen Füßen. Morgen gibt es einen Triumph.«

»Ich wittere schon den Frühling in der Luft. Mir ist so wohl, und – Peter hat den ersten Zahn.« Sie lachte ihn schelmisch an.

»Wunderlich«, sagte Gollberg kopfschüttelnd und blickte sinnend auf Dore.

Als Dore heimkehrte, fand sie ihre Mutter vor, die sie erwartete, um das Billet für einen Logenplatz in Empfang zu nehmen. Sie erzählte lebhaft, auf welche Weise es ihr geklungen war, daß sie morgen ins Theater kommen konnte.

»So werde ich durch meine böse Dore noch in den alten Tagen eine geschickte Lügnerin«, sagte sie lächelnd und strich liebkosend über Dores schönes Haar.

Es war schon vier Uhr nachmittags. Frau Faber deckte geschäftig ein Mittagsbrot auf, dann eilte sie wieder hinaus. Sie gönnte Frau Brandt jetzt die wenigen Minuten, die sie ihrem Kinde widmen durfte.

Dore aß wenig und saß schweigend an dem großen Tisch, den das gelbliche Lampenlicht erhellte, während durch die unverhüllten Fenster noch ein matter Tagesschein in das Zimmer fiel. Im Nebenzimmer hörte man Frau Faber zu dem lallenden Kinde sprechen.

»Es ist friedlich bei dir, Dore«, sagte die Mutter, die sich zu Dore an den Tisch gesetzt hatte. »Es ist traurig, daß ich verstohlen zu dir kommen muß. Und doch bist du die Freude meines Lebens. Deine Schwestern kommen nur zu mir, um sich die kleinen und großen Mißhelligkeiten ihrer Ehe und ihres Haushaltes vom Herzen zu schwatzen. Sobald ich alle ihre Verdrießlichkeit erfahren habe, stürzen sie davon. Und der Vater hat viel Ärger im Dienst. Er fürchtet den Abschied, und wenn er ermüdet nach Hause kehrt, dann läßt er seine ganzen Sorgen über mich aus. Ich bin ja zu alle dem die Nächste, gewiß. Aber es ist so wenig Freude dabei. Nach meinen Wünschen, nach meinen Gedanken fragt niemand. So ist es immer gewesen. Du aber bringst einen Schimmer, einen Glanz in mein Leben. Du bist so, wie ich mich selbst als junges Mädchen erträumt hatte. Ich hatte es eine Spanne Zeit ganz vergessen, daß ich auch einmal ein junges Mädchen war, das Rosen an dem weißen Kleide trug. Aber ich schwatz' von mir, und du willst gewiß allein sein und ausruhen, mein Kind.« Die Mutter stand hastig auf und hüllte sich in ihren schwarzen Umhang.

Dore begleitete die Mutter ein Stück des Weges, bis sie in einen Wagen der elektrischen Bahn stieg, nicht ohne nochmals viel Glück für den morgigen Ehrentag gewünscht zu haben.

Dore ging langsam zurück, die gut bürgerliche Bezeichnung für die morgige Erstaufführung noch in den Ohren.

Wen liebten die alten, guten Frauen eigentlich in ihr? Ahnten sie überhaupt etwas von ihrem wirklichen Selbst?

Die Laternen flammten auf, die abendlichen Straßen waren stark belebt. Die Luft war naß und feucht, und Wolken jagten an dem dunklen Himmel. Dore mischte sich in den vorwärts eilenden Menschenstrom und ließ sich von ihm treiben.

Sie ging an ihrer Wohnung vorüber, die gerade Charlottenburger Chaussee hinunter, deren Laternenreihen wie Lichtperlenketten den Regen durchschnitten. Sie wanderte weiter unter den nassen, tropfenden Baumgerippen, dann verließ sie die Menschenmenge, und eine kleine Bogenbrücke überschreitend, ging sie tiefer in den Tiergarten hinein. Ein paar Enten flatterten auf, dann ward es ganz still, nur das gleichmäßige Fallen der Regentropfen gluckste in die Stille und ließ die Gedanken in langsamem Rhythmus schwingen.

Die Glocken der Kaiser-Wilhelm-Gedächtnis-Kirche begannen dröhnend den Abend einzuläuten. Sieben Uhr. Da hatte wieder Frau Faber den kleinen Peter zur Ruhe gelegt. Unter den Wellen des ehernen Schalles ging Dore gemächlich vor sich hin und kam wieder nach Haus. Als sie die Treppe emporstieg, öffnete Frau Faber oben die Tür, und ehe noch Dore vor ihr stand, flüsterte sie erregt: »Dore, ein Herr wartet auf dich. Schon lange. Er hat auch Peterchen bewundert. Ich dachte, du bist es, die da käme, und öffnete mit dem Buben auf dem Arm. Ein stattlicher Mann.«

Und ganz in die traumhaft müde Ruhe der verflossenen Stunde gehüllt, tat Dore in das Zimmer.

Da stand in der Mitte des freundlichen Raumes, in dem sie zu Hause war, die geliebte Gestalt, die sie stets vor Augen hatte.

Dore blieb an der Tür stehen und lehnte sich leicht an die Wand.

Bergmann, groß, breitschultrig, mit hölzern herunterhängenden Armen, rührte sich nicht vom Platz.

»Entschuldige, daß ich dich heute störe, trotzdem du morgen Abend Bedeutungsvolles vorhast. Aber ich muß dich sprechen«, brachte er endlich mit schwerer Zunge hervor.

»Bitte, setze dich doch«, sagte Dore als Antwort, indem sie zu dem Tisch hinüber zu gelangen suchte; zitternd, unsicher, als schritte sie auf einem schmalen, schwankenden Brett durch brausende Flut. Dann stützte sie sich gegen den Tisch und wagte, flüchtig zu Bergmann hinüberzusehen.

Er blieb aufrecht stehen und sagte in demselben schweren Tonfall: »Du hast unrecht an mir getan, Dore.«

»Ich an dir?«

»Ja, du wolltest mir ein Glück vorenthalten, das mir bestimmt war.«

»Woher sollte ich wissen – daß – es dir ein Glück bedeuten könnte.«

»Weil du mich kennst.«

»Ich kenne dich nicht. Ich weiß nur, daß du allein deiner Wege gehen mußtest, nachdem du dir ein paar Stunden mit mir die Zeit vertrieben hast. Ich will dir keinen Vorwurf machen. Wir handeln eben alle so, wie wir aus uns heraus handeln müssen.«

»Ich glaube nicht, Dore, daß ich wankelmütiger Kerl das bisher tat. Ich elender Lebensstümper. Aber auf das, was ich dir jetzt sage, sollen deine Worte gelten, Dore! Seit ich weiß, daß von dir und mir ein Kind lebt, weiß ich auch, daß wir zusammengehören.«

Er schwieg und wartete. Dore blieb stumm.

»Dore, komm. Laß' uns von nun an gemeinsam das Leben aufnehmen, freudig, tapfer, ein stolzer Schutzwall dem Kinde. Du liebst mich ja, Dore.«

»Ich –.« Ich liebe dich nicht, wollte Dore sagen, aber die Worte gingen nicht über ihre Lippen.

»Du mußt mich ja lieben, Dore. Schon um der Qualen willen, die du um mich gelitten hast.«

Dore beugte tief das Haupt.

»Dore – Dore.«

Sie richtete sich auf.

»Da kommst du auf einmal zur Tür herein, und alles soll gut sein. Und eines Tages wirst du wieder hinausgehen, und alles wird wieder zu Ende sein.«

»Wir sind doch keine Bauern, keine Tiere. Wir haben einen Menschen zusammen geschaffen, Dore. Das bindet doch Menschen unserer Art unlöslich aneinander. Fühlst du das nicht? Hast du es nicht jeden Tag, jede Stunde empfunden?«

Von Dores Kopf war nichts als die Krone des leuchtenden Haares zu sehen.

Bergmann machte einen schnellen Schritt vorwärts, dann blieb er wieder unbeholfen stehen.

»Du denkst vielleicht, zu dir allein wäre ich nicht zurückgekehrt. Es kann möglich sein, Dore. Ich weiß es nicht. Es ist wahr, ich habe sie nicht gespürt, jene große Liebe, die ich nur auf der Bühne anschaulich darzustellen vermag, wenn mir ein Dichter zu sagen gab, wonach ich sehnte und dürstete. Ich bin auch nicht herumgelaufen und habe mir ein Kind gewünscht, nein, weiß Gott nicht. Aber als ich ihn sah, den kleinen Bub, der meine Augen hat – meine Augen –, nur unverdorben, nur unverdorbenen Blickes, da war es mir zum ersten Male, als wäre ich nicht allein.«

Dore sah auf bei diesen Worten.

Bergmann hielt erschreckt inne. Er versuchte, sein kühles, überlegenes Lächeln auf sein Gesicht zu bringen.

»Siehst du, ich rede schon wie ein Pastor, Dore«, sagte er heftig atmend mit mühsamem Lächeln. »Nun sage ja vor dem Altar.«

Dore rührte sich nicht. Es war ihr nicht möglich, den Mund zu öffnen.

»Dore!« Bergmanns Stimme klang drohend und verzweifelt. »Ich kenne mich, ich kann nicht betteln, laß mich nicht gehen, Dore.«

Er sah auf Dore, die mit hilflosen, glücklichen Augen zu ihm hinüberblickte.

»Du wirst nicht einsam bleiben, Dore. Soll mein Kind einen andern Vater nennen, sich mit einer Liebe, die nebenher von einem Fremden für ihn abfällt, begnügen. O, ich weiß, was es heißt, als Kind mit gleichgültiger Fürsorge abgespeist zu werden. Durch das ganze Leben spürt man es.«

Dore kam einen Schritt auf Bergmann zu.

»Du weißt ja nicht einmal, wie er heißt«, sagte sie mit einem süßen, verlegenen Lächeln und sah zu Bergmann auf.

»Doch weiß ich's – Peter!« erwiderte Bergmann und lächelte ebenfalls.

Und in diesem Lächeln löste sich die Starrheit der bebenden Körper, weich und kühlend strich es über die heißen Gesichter, lockte die Blicke liebkosend ineinander und zog näher und näher. –

Klein Peter durfte sorglos schlafen.

Lovis Corinth:
Porträt der Schriftstellerin Alice Berend (1912)
Öl auf Leinwand, 75 x 42 cm
Privatbesitz

Nachwort

Schauplatz: die Theaterstadt Berlin zu Beginn des 20. Jahrhunderts. Das Theater, an dem Dore Brandt engagiert ist, liegt direkt am Bahnhof Friedrichstraße, nicht weit von der Weidendammer Brücke entfernt – wie das Neue Theater, das Max Reinhardt ab 1903 leitete. Ein Schlüsselroman?

Auf dem Programm des Theaters steht Shakespeares »Sommernachtstraum« mit dem sektliebenden Ingler als Zettel. Wenn der Regisseur Werkenthin nach seinem Urlaub im Harz von dem fantastischen Effekt einer Leuchtkäferschar zwischen dunklen Baumstämmen erzählt, den man unbedingt im »Sommernachtstraum« verwenden solle, fühlt man sich sogleich an die berühmte und ungeheuer erfolgreiche Reinhardt-Inszenierung des Stückes von 1905 erinnert, wie sie beispielsweise Eduard von Winterstein beschreibt: »Es war ein wirklicher, richtiger Wald, in den man beim Aufgehen des Vorhangs blickte: Ja, um die Täuschung vollkommen zu machen, wurde auf der Bühne mit großen Spritzen Tannenduft erzeugt ... Wie nun beim Klange des Mendelssohnschen Scherzo die Elfen ... hügelauf, hügelab um und durch die Bäume sich wanden – das war ein berauschender Anblick. An Zwirnsfäden hängende und hüpfende kleine Lichtbirnen täuschten Glühwürmchen vor, und das Mondscheinwerferlicht warf berückende Lichtreflexe durch das Laub der Bäume auf die Bühne.«

Züge Max Reinhardts fließen auch in die Figur des jüdischen – allerdings zum Katholizismus konvertierten – Theaterdirektors Gollberg ein. Gollberg wird als schweigsamer und zurückhaltender Mann charakterisiert, der während der Proben mit undurchdringlicher Miene stumm hin und her schreitet, Zigarren raucht und für seine Affären mit jungen Schauspielerinnen bekannt ist.

Im Gegensatz zu ihren späteren Romanen thematisiert die aus einem jüdischen Elternhaus stammende Alice Berend in »Dore Brandt« das Berliner Judentum, ob in dem jüdischen Direktor Gollberg, dem zum Katholizismus konvertierten galizischen Juden Rinkel, der gerne antisemitische Bemerkungen macht, oder in den »hebräischen Salons«, in denen die junge Schauspielerin nach ihren ersten Erfolgen gefragter Gast und »gesellschaftlicher Leckerbissen« ist und in denen ein »unbekannter Name zum geflügelten Wort« werden kann.

Jüdische Salons in Berlin assoziiert man im allgemeinen mit Rahel Levin (Varnhagen) oder Henriette Herz und der Blütezeit der Salons zwischen 1780 und 1806. Tatsächlich gab es auch in der Wilhelminischen Zeit in Berlin zahlreiche Salons, nicht wenige davon mit jüdischen Salonièren. Einer der bedeutendsten Salons zwischen 1890 und 1914 war der täglich (!) stattfindende Salon von Cornelie Richter, der jüngsten Tochter des Komponisten Giacomo Meyerbeer und Enkelin einer Salondame der Rahelzeit, Amalie Beer, bei dem auch Atelierfeste und Konzerte gegeben und gelegentlich »lebende Bilder« gestellt wurden. Der Architekt Henry van de Velde, der bei Berend als Dekorateur der eleganten Salons genannt wird, war ebenso bei Cornelie Richter zu Gast wie Hugo von Hofmannsthal, Harry Graf Kessler oder Max Reinhardt.

Max Reinhardt (um 1904)

Max Reinhardt, mit dem Alice Berend zeit ihres Lebens befreundet war, wurde 1873 als ältestes von sieben Kindern der jüdischen Familie Goldmann in Baden bei Wien geboren. Sein erstes Engagement als Schauspieler fand er 1893/94 im Salzburger Stadttheater. Dort wurde der »Naturalistenpapst« Otto Brahm, der Leiter des Deutschen Theaters, auf ihn aufmerksam und engagierte ihn nach Berlin, wohin er bereits in der Spielzeit 1894/95 auf der Bühne stand.

Stammlokal der jungen Schauspieler und Künstler war das Monopol, das Berend in ihrem Roman als Café Metropol porträtierte. Das Café mit Weinhandlung befand sich im Parterre des Monopol-Hotels in der Friedrichstr. 100, ganz in der Nähe des Bahnhofs Friedrichstraße: »Also nahe genug von den Theatern, die in Frage kamen, den Redaktionen und den Verlagen [...] Eine Welt trennte diese Kaffeehaus-Atmosphäre von der, die ein halbes Jahrhundert später in den Pariser Existentialistenkaffees herrschen sollte. Man war lustig, lebensvoll, man wollte die Welt verbessern und man glaubte an das große zwanzigste Jahrhundert, das sich gerade heranschickte, über dieser Erde anzubrechen. Bei allem Positivismus gab es Kaisertum, Heer und die großen preußischen Traditionen, die man bespötteln, satirisch kommentieren und angreifen konnte. Der manchmal fein ironisierende, manchmal heftig zuschlagende ›Simplicissimus‹ wurde gelesen und belacht.« (Heinz Herald).

Reinhardt beschreibt die Szenerie im Café Monopol in Tagebuchaufzeichnungen von 1896: »Nachmittags gehe ich ins Café Monopol. Rückwärts sind einige Tische zusammengestellt und da sitzen die Schauspieler. Haufen von Zeitungen sind auf den Stühlen umher aufgestapelt. Da wird gierig in fetter, schwarzer Zeitungserde gewühlt. Man holt sich hier sein tägliches Wissen und geht dann abends in die Kneipe um damit zu prunken. Phrasen und faule Witze schwirren umher in diesem Bühnenvolapük, ein seltsames Gebräu von alten Schmierenwitzen und lächerlich angewandten Zitaten. Immer einer auf Kosten der Andern, die Witze fliegen

Weinstuben F. W. Borchardt,
Französische Straße 48, Berlin-Mitte
(um 1900)

einem hinterrücks wie Schneebälle ins Genick... Man
läßt die betreffende Zeitung auf dem Tisch liegen,
lächelt vielsagend und schweigt. Nach einer bekannten
Anekdote sitzt ein Schauspieler im Café triumphierend
über einer Zeitung. Sein College fragt ihn, warum freu-
en Sie sich denn so? Sind Sie hier gelobt? Nein, aber Sie
sind verrissen, lautet die charakteristische Antwort...«
(Gottfried Reinhardt)

Damals traf man sich bei Borchardt, soupierte bei Dressel, und im Café Monopol fanden regelmäßige Zusam-
menkünfte von Schauspielern, Schriftstellern, Malern
und Musikern statt, zu denen neben Max Reinhardt
auch Christian Morgenstern gehörte und die auch Alice
Berend frequentiert haben muß. Sie bildeten eine Grup-
pe, die sich »Die Brille« nannte.

Für ein improvisiertes Unsinns-Programm aus Sketchen und Parodien suchten sie einen Namen. Alice Berend war nicht nur, wie Thomas Corinth erzählt, bei der Namenssuche zugegen – ihre Bemerkung »Namen sind Schall und Rauch« aus Goethes »Faust« inspirierte Reinhardt dazu, das Kabarett »Schall und Rauch« zu nennen –, sie verfaßte auch selbst »Dichtungen fürs Brettl«.

Der 18. Januar 1901 gilt als die Geburtstunde des deutschen Kabaretts. Ernst von Wolzogen kam mit seinem »Überbrettl« dem ersten offiziellen »Schall und Rauch«-Abend im Künstlerhaus in der Bellevuestraße am Potsdamer Platz um fünf Tage zuvor. Mitwirkende bei »Schall und Rauch« – einer spontan ins Leben gerufenen Veranstaltung, um dem lungenkranken Christian Morgenstern einen Aufenthalt im Sanatorium zu ermöglichen –, waren neben Max Reinhardt Friedrich Kayssler und Richard Vallentin, mit dem Alice Berend übrigens 1902 ein Buch über das Repertoire des Neuen Kindertheaters im Künstlerhaus veröffentlichte. Die Musik für Gesang und Tänze des Kindertheaters stammte von Bohumil Zepler, der ebenfalls bei »Schall und Rauch« mitwirkte.

Wegen des großen Erfolges dieses »Theater-Klamauks auf Insider-Art« (Volker Kühn), auf dessen Programm unter anderem vier viertelstündige Don-Carlos-Parodien standen – mal traditionell, mal naturalistisch, mal symbolistisch und zum Schluß als »Überbrettl« – wurden die Aufführungen wiederholt, und am 22. Mai 1901 gab »Schall und Rauch« sogar ein Gastpiel im Deutschen Theater: »Wir kommen ins Deutsche Theater / Und machen Schall und Rauch / Und wenn Sie sich dabei amüsieren / Amüsieren wir uns auch.«

Das Kabarett »Schall und Rauch«
Unter den Linden 44

Im Herbst 1901 wurde aus den Aufführungen der
Künstlervereinigung eine feste Bühne, aus »Arnim's
Festsälen« Unter den Linden 44, Ecke Friedrichstraße,
das von Peter Behrens umgebaute »Schall und Rauch«

mit Masken und Rauchschwaden an den Wänden im Innenraum. 1902 erhielt Schall und Rauch die Konzession für abendfüllende Stücke. Das Kabarett wich dem Drama.

Reinhardt war zu dieser Zeit noch als Schauspieler am Deutschen Theater engagiert, weshalb er offiziell die Leitung der »Schall und Rauch«-Bühne erst Anfang 1903 übernehmen konnte. Es war jedoch ein offenes Geheimnis, daß der eigentliche künstlerische Leiter Max Reinhardt war, wenn auch Hans Oberländer als Direktor und Richard Vallentin als Regisseur des Theaters firmierten.

Am 15. November 1902 wurde das verbotene Stück »Salome« von Oscar Wilde vor prominentem, geladenem Publikum gespielt, bevor es nach dieser erfolgreichen Erstaufführung doch öffentlich gezeigt werden durfte. Unter den Zuschauern waren unter anderem Stefan George, Richard Strauss, Arthur Schnitzler und Lovis Corinth. Mit Sicherheit war auch Alice Berend bei der Premiere anwesend. Ihr zukünftiger Schwager Lovis Corinth, bei dem Alices fünf Jahre jüngere Schwester Charlotte seit 1901 Malunterricht bekam (und der diese 1903 heiraten sollte), hatte das Bühnenbild zur Salome gestaltet. Später sollte er auch die Salome-Darstellerin Gertrude Eysoldt porträtierten. Zwar wird im Roman nicht die »Salome« gespielt, doch Dore Brandt liebäugelt mit der von Audrey Beardsley illustrierten Salome-Ausgabe von Oscar Wilde, die im Schaufenster einer Buchhandlung ausliegt.

Anfang 1903 löste sich Reinhardt von Otto Brahm und dem Deutschen Theater, wurde offiziell Direktor des Kleinen Theaters und kurz darauf auch des Neuen Theaters am Schiffbauerdamm. Das Neue Theater wurde innerhalb kurzer Zeit und mit SchauspielerInnen wie Gertrude Eysoldt, Alexander Moissi oder Tilla

Schiffbauerdamm in der Nähe der Weidendammer Brücke
mit Blick auf das Theater
(um 1919)

Durieux zur wichtigsten Spielstätte der Reichshaupt-
stadt, die ab 1905 vom Deutschen Theater abgelöst
wurde, in dem Max Reinhardt seine Idee des Schau-
spielertheaters, des farbig, mimisch, visuell und drei-
dimensionalen Gesamtkunstwerks vervollkommnete,
die für die weitere Entwicklung des Theaters grund-
legend ist.

Auf welchen »wunderlichsten Dichter von heute« Alice
Berend mit dem Stück anspielt, mit dem Dore Brandt
nach der Rückkehr zur Bühne an ihren ersten Erfolg
anknüpfen kann, bleibt spekulativ. Als erste große Rolle bekommt sie (nach ihrer Verkörperung von Hedda
Gablers Gegenspielerin Thea Elvstedt in Ibsens Stück)
die Klara in Hebbels »Maria Magdalene« angeboten. Für

Dore Brandts Auseinandersetzung mit ihrer Schwangerschaft bildet ihre Rolle als Klara die Hintergrundfolie. Klara, die Tochter des Tischlermeisters Anton, wird (von dem falschen, weil ungeliebten Mann) schwanger. Ihr Versuch, ihn zu heiraten, obgleich sie einen anderen liebt, damit sie ihrem Vater keine Schande macht, scheitert, und Klara bringt sich um.

Dore Brandt weiß, daß die Ehe nicht das höchste Ideal ist. Ihrem Geliebten, dem Schauspielerkollegen Ernst Bergmann, hatte sie zuvor bereits erklärt: »Warum sollte ich mir die Ehe wünschen? Weil ihr Männer dies von jedem Mädchen glaubt? Was ich von der Ehe sah, konnte nicht Sehnsucht nach ihr erwecken. Meiner Mutter wanden die Jahre den Brautkranz zur Dornenkrone.«

Statt den treulosen Bergmann nach Entdecken der Schwangerschaft zur Ehe zu bewegen, erwägt sie eine Abtreibung und studiert die Zeitung nach »gewissen Inseraten«. Sie sucht sogar eine der Adressen auf, entscheidet sich schließlich aber doch für das Kind. Sie informiert Direktor Gollberg, nicht aber Bergmann und zieht sich in die Berliner Umgebung nach Schlachtensee zurück.

Die Rückkehr zur Bühne nach der Geburt des Kindes ist für sie selbstverständlich. Und letzten Endes meistert sie es auch, Kind und Karriere miteinander zu verbinden, wobei ihr Minna Faber als Mutterersatz hilft. Braucht Dore eigentlich diesen Bergmann, der dann letzten Endes doch die »Idylle« vervollständigt? Natürlich nicht. Das in einen Heiratsantrag mündende Happy-End irritiert deshalb.

Die Problematik der Vereinbarkeit von Berufstätigkeit und Mutterschaft kannte Berend aus eigener Erfahrung. 1905 kam ihr Sohn Nils Peter zur Welt, 1909, im Erscheinungsjahr von »Dore Brandt«, ihre Tochter Car-

lotta. 1908 wurde auch der erste Sohn von Max Reinhardt und dessen erster Frau, der Schauspielerin Else
Heims, geboren, die zu diesem Zeitpunkt noch nicht
verheiratet waren.

Besonders gut gelingen Berend die Schilderungen der
unterschiedlichen Umgangsweisen zweier ehemaliger
Freundinnen mit ihrem Müttersein. Dores Freundin
Mara, ehemalige Schauspielerin und im Gegensatz zu
ihr verheiratet, war fast zur gleichen Zeit wie Dore Mutter geworden, »aber die einstigen Freundinnen hatten
trotzdem nichts Gemeinsames mehr. Maras Mutterliebe äußerte sich darin, daß sie ununterbrochen von
Windeln und Verdauung sprach, und wenn sie vor sich
hin sann, so war es sicher, um die Speisenfolge für das
Mittagessen oder Abendmahl zu überlegen.«

In solchen Sätzen zeigt sich die leise Ironie Berends,
die sie in Romanen wie »Die Bräutigame der Babette
Bomberling« zur Meisterschaft bringt und durch die sie
einige Jahre später zur Erfolgsautorin und gefeierten
Humoristin wird.

Britta Jürgs
Berlin, Juli 2000

Literaturhinweise

Alice Berend: »Eine kleine Ballade«, »Der Backfisch«, »Moderner Dichterling«, »Der Ehe Bänkellied«. In: *Die zehnte Muse. Dichtungen vom Brettl und fürs Brettl.* Aus vergangenen Jahrhunderten und aus unseren Tagen gesammelt von M. Bern. Neue, verb. Ausgabe Berlin 1909, S. 17f, 178, 204, 350f.

Knut Boeser / Renata Vatková (Hg.): *Max Reinhardt in Berlin.* Berlin 1984.

Thomas Corinth: *Lovis Corinth. Eine Dokumentation.* Tübingen 1979.

Leonhard M. Fiedler: *Max Reinhardt mit Selbstzeugnissen und Bilddokumenten.* Reinbek 1975.

Christoph Funke / Wolfgang Jansen: *Theater am Schiffbauerdamm. Die Geschichte einer Berliner Bühne.* Berlin 1992.

Heinz Herald: *Max Reinhardt. Bildnis eines Theatermannes.* Hamburg 1953.

Deborah Hertz: *Die jüdischen Salons im alten Berlin 1780–1806.* München 1995.

Volker Kühn: *Das Kabarett der frühen Jahre. Ein freches Musenkind macht erste Schritte.* Berlin 1984.

Lexikon deutsch-jüdischer Autoren / Archiv Bibliographia Judaica. Red. Renate Heuer. Bd. 2. München u. a., 1993.

Gottfried Reinhardt: *Der Liebhaber. Erinnerungen seines Sohnes Gottfried Reinhardt an Max Reinhardt.* München 1973.

Max Reinhardt: *Leben für das Theater. Briefe, Reden, Aufsätze, Interviews, Gespräche, Auszüge aus Regiebüchern.* Herausgegeben von Hugo Fetting. Berlin 1989.

Max Reinhardt: *Die Träume des Magiers.* Salzburg 1993.

Petra Wilhelmy: *Der Berliner Salon im 19. Jahrhundert (1780–1914).* Berlin, New York 1989.

Eduard von Winterstein: *Mein Leben und meine Zeit. Ein halbes Jahrhundert deutscher Theatergeschichte.* Berlin 1963.

Abbildungsnachweis:

Im AvivA Verlag ist erschienen:

Alice Berend

Die Bräutigame
der Babette Bomberling

Babette Bomberling, jung und reizend, hat einen Makel:
Die Familie verdankt ihren Wohlstand der väterlichen
Fabrik für Särge und Urnen. Mutter Bomberling, das
Wohl der Tochter im Blick, sucht einen Bräutigam von
Adel oder akademischem Stand. Sie schreckt nicht vor
einer Schlankheitskur und einer Italienreise zurück,
gerät an eine zweilichtige Heiratsvermittlerin und muß
doch sehen, daß zu guter Letzt alles anders kommt.

Wunderbar ironisch führt Alice Berend eine illustre
Gesellschaft von reich gewordenen Kleinbürgern und
verarmten Adligen, Langzeitstudenten und aufstiegsbe-
gierigen Parvenüs vor und skizziert das Tableau eines
vergangenen Berlin, das erstaunlich aktuelle Züge
trägt.

ISBN 3-932338-03-0

Gebunden, 152 Seiten, 6 Abb.
32 DM, 234 ÖS, 29,50 SFr

Im AvivA Verlag ist erschienen:

Alice Berend

Der Herr Direktor

Das Berlin der zwanziger Jahre ist Kulisse für diesen spritzigen Roman, dessen tempo- und pointenreiche Episoden um die Familie eines Fabrikdirektors amüsante Beschreibungen des Berliner Großbürgertums mit Ausflügen in andere Milieus liefern. Dem Lebensrhythmus der zwanziger Jahre entsprechend wird die Großstadt meist in rasanten Autofahrten durchquert, während sich ganz Berlin beim Sechstagerennen trifft und sich die sportlich-kecke Fabrikantentochter Ortrud in den Radrennfahrer und Newcomer-Star Bert Lücke verliebt.

Ein Berlin-Roman für Berlin-LiebhaberInnen und solche, die es werden wollen.

ISBN 3-932338-07-3

Gebunden, 187 Seiten, 7 Abb.
34 DM, 248 ÖS, 31,50 SFr